suhrkamp taschenbuch 3437

Liberto heißt die Bauchrednerpuppe in der Erzählung »Die Nacht, in der ich auf Brautschau ging«, die das in Worte fassen kann, was sich ein junger Mann seiner Angebeteten nicht zu sagen traut. »Der einsame Seemann«, in einem Sturm umgekommen, steht am Tresen und bestellt wortlos noch ein Bier. »Bumm! Du bist tot, Papa«, ruft der Sohn des Greenpeace-Anhängers mit gezücktem Regenschirm, denn »Nichts soll bleiben«.

Modern und gleichzeitig der mündlichen Erzähltradition seiner galicischen Heimat verhaftet, verbindet Manuel Rivas, wie schon in den Romanen *In wilder Gesellschaft* und *Der Bleistift des Zimmermanns* (st 3315), auch in seinen 19 Erzählungen Magie mit Schrekken und Menschlichkeit mit einer feinsinnigen Ironie.

»Rivas hat die Gabe, aus der Traurigkeit, der Niederlage und der Sturheit des Bösen heraus eine fröhliche, lebendige und beschwingte Literatur zu schreiben.« *El Periódico*

Manuel Rivas, 1957 in La Coruña geboren, gehört zu den erfolgreichsten spanischen Schriftstellern. Für seine Erzählungen wurden ihm mehrere Preise verliehen. »Die Zunge der Schmetterlinge«, ebenfalls in dieser Sammlung enthalten, ist in Spanien erfolgreich verfilmt worden. 2001 erhielt Rivas für *Der Bleistift des Zimmermanns* den Literaturpreis von Amnesty International.

Manuel Rivas

Die Nacht, in der ich auf Brautschau ging

Erzählungen

Aus dem Galicischen von
Elke Wehr

Mit einem Nachwort
des Autors

Suhrkamp

Die vorliegende Ausgabe
wurde vom Autor aus seinen Erzählbänden
Un millón de vacas, ¿Que me queres, amor? und
Ela, maldita alma zusammengestellt.
Nähere Angaben am Ende des Buches.

Umschlagfoto: Johner/Photonica

Die Übersetzung wurde gefördert
vom Rat für Kultur, Sozialwesen und Tourismus,
Generaldirektion der Kulturförderung,
in ihrer Ausschreibung für Subventionen
des Jahres 2002.

Deutsche Erstausgabe
suhrkamp taschenbuch 3437
Erste Auflage 2002

Druck: Nomos Verlagsgesellschaft, Baden-Baden
Printed in Germany
Umschlag nach Entwürfen von
Willy Fleckhaus und Rolf Staudt

1 2 3 4 5 6 – 07 06 05 04 03 02

Die Nacht, in der ich auf Brautschau ging

Inhalt

Erste Liebe

Gaby, Gabriela, ist älter als ich. Ich glaube, viel älter. Mindestens zwei Jahre. Nach so langer Zeit hatte ich nicht erwartet, sie im Dorf zu treffen, in Aita, aber da war sie, saß ermattet auf der Steinbank der Familie Brandariz, zwischen zwei Geranientöpfen.

»Hallo.«

»Hallo.«

»Wie geht's?«

»Gut. Sehr gut. Na ja, mies.«

In Wirklichkeit war sie sehr viel älter als ich. Drei Jahre vielleicht.

»Du bist sehr dünn.«

»Du bist auch sehr dünn.«

Sie trug einen langen Rock, und ihre Füße waren nackt. Es waren große, männliche Füße.

»Du warst weg.«

»Ja.«

»Ich geh vielleicht auch weg.«

»Ach ja?«

»Ja, ich will weg. Ich möchte eine Reise machen. Aber richtig weit weg, weißt du? Nach Australien oder so.«

»Das wäre toll.«

»Ja, es ist so gut wie sicher, daß ich nach Australien gehe. Die Eltern eines Freundes leben da. Er ist Funkamateur geworden und redet nachts mit ihnen.«

»Ich war in Barcelona, weißt du? Ich hab da mit Leuten zusammen gewohnt und so.«

»Ah, in Barcelona, klar. Ich hab noch nie eine Reise

gemacht, weißt du? Ich würde gern was Großes unternehmen. Australien oder so.«

»Das muß irre sein. So weit.«

»Mein Freund sagt, wenn wir hier ein Loch graben, durch die ganze Erde, würden wir in Australien rauskommen. Wie war's in Barcelona?«

»Gut. Na ja, normal. Schlecht.«

»Mein Freund hat mir eine Uhr geschenkt. Sie weckt einen mit Musik. Mit der Melodie von Happy Birthday. Sie zeigt auch die Uhrzeit in Tokio und in London und in New York an. Und man kann Telefonnummern eingeben und speichern. Sie ist wie ein Computer. Da, schau mal.«

»Oh, Spitze, fantastisch! Weißt du was? Ich habe eine Tochter.«

»Eine Tochter?«

»Ja, willst du sie sehen?«

Und sie forderte mich auf einzutreten, lächelnd, als täte ihr das Lächeln weh.

Nichts soll bleiben

Er hatte geschworen, dem Jungen nie eine Spielzeugwaffe zu kaufen.

Er war aktives Mitglied bei Greenpeace gewesen, zahlte noch immer seinen Jahresbeitrag und fühlte eine wehmütige Sympathie, wenn er im Fernsehen sah, wie eine pazifistische Demonstration sich über das Verbot hinwegsetzte, in die Wüste von Nevada vorzudringen, wo die Nuklearexperten mit Begeisterung riesige Pilze aus Kratern wachsen ließen. Seine Arbeit als Handelsvertreter nahm ihn völlig in Anspruch. Er hatte auch geheiratet. Und einen Sohn bekommen.

»Einen Sohn?« fragte Nicolás mit schreckgeweiteten Augen. Er war ein alter Gefährte aus bewegten Zeiten, den er gerade im Flughafen getroffen hatte.

»Na ja«, hatte er gesagt und sich leicht unbehaglich gefühlt. Nie war ihm der Gedanke gekommen, daß man so was erklären müßte. Man hat einen Sohn und basta.

»Nein, weißt du, ich sage das, weil man Mut dazu braucht. Ich glaube, man muß wirklich mutig sein, um ein Kind zu haben. Ich wäre nicht fähig zu so einer Entscheidung. Da würde mir schwindlig.«

In Wirklichkeit hatte er nie darüber nachgedacht, was es bedeutete, ein Kind zu haben. Er hatte geheiratet, weil er Lust dazu hatte, und aus dem gleichen Grund ein Kind bekommen. Aber Nicolás hörte nicht auf, ihn wie ein Beichtvater anzuschauen, der von fremden Sünden gequält wird.

»Weißt du, ich glaube, man muß das vor allem als

biologische Tatsache betrachten, ohne die Sache zu dramatisieren. Als würden wir das Tier in uns akzeptieren. Ein Kind gibt dir ein gutes Gefühl, einfach so, wie bei den Tieren. Wir gewinnen unseren tierischen Anteil zurück, als etwas Positives.«

Nicolás lachte. Schließlich war er Biologe.

»Ich weiß nicht. Für mich ist das so, als würdet ihr beschließen, euch eine Zeitlang in Gott zu verwandeln. Es muß schön sein, jemanden in diese Welt zu setzen, aber ... es ist auch ziemlich schrecklich. Ich weiß nicht.«

»Du mußt das so sehen. Er wacht nachts oft auf. Er ruft nach uns und schläft wieder ein. Vielleicht bist du ein Gott, aber ein ziemlich genervter Gott. Er hat's gut. Er schläft, wann er will.«

Jetzt lachten beide.

»Erzählst du ihm Geschichten?«

»Und ob. Ich habe ihm Tausende erzählt. Na ja, wenn ich da bin. Du weißt ja, ich bin dauernd auf Achse, bei diesem Scheißjob. An manchen Abenden erzähl ich ihm drei oder vier und schlafe vor ihm ein.«

»Was für Geschichten? Was erzählst du ihm?« fragte Nicolás amüsiert.

»Uff. Vor allem was mit Tieren. Er liebt Tiergeschichten. Tiere, die Junge haben, und dann kommen die Jäger und so Sachen. Ich biege es so hin, daß der Wolf gut ist.« Bei den letzten Worten zwinkerte er ebenfalls amüsiert.

»Ich würde ihn gerne mal sehen«, sagte Nicolás, als sie sich verabschiedeten.

Der Freund winkte ihm hinter der Glastür zum Abschied, und er steuerte auf eines der Geschäfte des

Flughafens zu. Immer brachte er dem Jungen irgendein Geschenk mit. Es gab keine große Auswahl. Das größte Angebot bestand aus imitierten Schußwaffen. Es gab sie in jeder erdenklichen Form. Den Cowboycolt, die Pistole eines Spezialagenten mit Schalldämpfer, ein Gewehr mit Zielfernrohr, eine Laser-Maschinenpistole. Und dann die Artillerie und die Panzer und ausgetüftelte Errungenschaften des Kriegs der Sterne. Er ließ sie mit angewiderter Miene links liegen und wählte schließlich einen kleinen Regenschirm aus durchsichtigem Plastik, auf den lustige kleine Tiere aufgeklebt waren.

Als er nach Hause kam, schlief der Junge.

»Ich hab ihm das hier mitgebracht«, sagte er lächelnd.

»Hübsch«, sagte die Frau.

Am Morgen fragte der Junge: Gehst du arbeiten? Er nickte betrübt, und der Sohn brach in Tränen aus.

»Ich hab dir was mitgebracht«, sagte er und sprang aus dem Bett. Der Junge verstummte und sah erwartungsvoll zu, wie er das Geschenk auswickelte.

»Schau mal, er hat Bilder mit Snoopy«, sagte er freudig, während er ihm den kleinen Regenschirm reichte.

Der Junge betrachtete das Geschenk, drehte es hin und her, um alle Tiere zu sehen, und schien zufrieden zu sein.

Bevor er ging, gab er ihm einen Kuß und strich ihm über den Kopf. Als er die Tür öffnen wollte, hörte er, wie der Sohn ihn rief. Er drehte sich um und sah ihn, ein Bein vorgesetzt und den Regenschirm auf die Schulter gestützt wie ein perfekter Schütze.

»Bumm! Du bist tot, Papa.«

Baumwollfelder

Im Hof trat, in Sportkleidung, die dritte Kompanie an. Es regnete Bindfäden, und die Tropfen rannen über die starr erhobenen Gesichter der Truppe. Die dritte Kompanie war eine perfekte Maschine. Bei ihrer Entlassung könnten die Rekruten es sich nicht einmal erlauben, aus Rache das Vorhängeschloß an das Stahlkabel zu hängen, das den Telefonmast neben der Brükke über den Urumea befestigte. Es war ein Vergnügen, das ihnen versagt war, aus dem einfachen Grund, weil die Spinde der dritten Kompanie keine Schlösser hatten.

Zu dieser nachmittäglichen Stunde verschanzte sich das Leben in der Kaserne hinter den Fensterscheiben. Doch nichts in der Welt, auch nicht das verfluchte Wasser, würde das Ausbildungsprogramm der dritten Kompanie ändern. Unerschütterlich gab Hauptmann Aguirre im strömenden Regen seine Befehle, die gebieterisch in den Säulengängen widerhallten. Für den Hauptmann gab es zwei Sorten Männer in der Kaserne: die Soldaten der dritten Kompanie und die anderen, ein diffuser Haufen aus Drückebergern, Faulenzern und Schwulen.

Ich, für die Telefonzentrale abgestellt, war einer der anderen. An jenem scheußlichen Nachmittag, hinter dem Fenster des kleinen Raums, dankte ich allerdings meinem Schicksal dafür, daß ich nur ein halber Mann war. Bis der Summer ertönte, die schrille Klingel, die die Anrufe ankündigte.

»Infanteriekaserne. Ja, bitte?«

»Ist José da?« fragte eine ferne Frauenstimme.

»José? Was für ein José?«

»José, bist du es? Kann José nicht ans Telefon kommen?«

»Was für ein José, Señora? Hier gibt's viele Josés.«

»Ich möchte, daß man José Urlaub gibt. Wegen der Baumwolle, wissen Sie? Um Baumwolle zu pflücken.«

»Um diese Zeit kann man keine Anrufe weiterleiten, Señora. Sie müssen später anrufen, nach halb sieben.«

»Mein Mann ist krank. Geben Sie José frei. Wegen der Baumwolle.«

»Mit welchem José wollen Sie sprechen, Señora? Ich werde es mir notieren, und wenn Sie später anrufen, können Sie mit ihm reden. Aber Sie müssen mir sagen, wie José mit Nachnamen heißt. Hier gibt's viele Josés.«

»Es ist wegen der Baumwolle, wissen Sie? Wir brauchen ihn hier.«

»Ich bin nicht befugt, Señora. Ich bin der Telefonist.«

»Zwei Wochen. Wegen der Baumwolle.«

»Einen Moment, Señora, einen Moment.«

Wieder ertönte der Summer, während auf der elektronischen Tafel gleichzeitig das Lämpchen des Obersts aufleuchtete.

»Zu Befehl, Herr Oberst.«

»Verbinden Sie mich mit dem Kapitanat in Burgos.«

»Jawohl, Herr Oberst, sofort, Herr Oberst.«

Ich drückte wieder die Außenleitung 5, in der heimlichen Hoffnung, die andere Seite habe aufgehängt. Doch nein.

»Hallo, hallo. Legen Sie nicht auf. Ich bin viele Kilometer gelaufen, um anzurufen. Ich will nur, daß Sie José freigeben. Wegen der Baumwolle.«

»Señora, ich habe Ihnen doch gesagt, daß ich der in der Telefonzentrale bin. Ich bin nicht befugt, Urlaub zu bewilligen. Wenn Sie nach halb sieben anrufen ...«

»Sie scheinen ein guter Mensch zu sein. Haben Sie doch ein Herz. Geben Sie José frei. In zwei Wochen ist er zurück.«

»Señora, bitte, hören Sie mir zu. Ich ...«

Hartnäckig ertönte der verdammte Summer. Auf der Tafel blinkte das Lämpchen des Obersts.

»Zu Befehl, Herr Oberst.«

»Was ist mit diesem Anruf im Kapitanat?«

»Besetzt, Herr Oberst. Ich versuche es weiter, Herr Oberst.«

Das Lämpchen der Leitung 5 leuchtete noch immer, flackerte wie eine lästige kleine Kerze. Ich drückte kräftig, gewillt, sie für immer mit dem Finger zu löschen.

»Señora? Sind Sie noch da, Señora?«

»Legen Sie nicht auf, bitte. Ich bin Kilometer gelaufen.«

»Um Himmels willen, Señora. Das hier ist die Telefonzentrale. Ich bin der Telefonist. Verstehen Sie? Nur der Telefonist.«

»Ihnen ist das doch egal, ob einer mehr oder weniger. Aber wir brauchen José, um die Baumwolle zu pflücken.«

»Sagen Sie mir den Namen, Señora. Den ganzen Namen. Verstehen Sie? Den vollständigen Namen. Sagen Sie mir, wie Ihr Sohn mit Nachnamen heißt.«

»Werden Sie ihm freigeben?«

»Hören Sie. Sie müssen mir sagen, wie José heißt. Ich kann nichts tun, wenn Sie mir nicht sagen, wie José heißt.«

»José …«

»Ja, José. Und weiter? Und weiter, Señora?«

»García.«

»José García García?

»Ja, José García. Werden Sie ihm freigeben? Er muß Mittwoch hier sein. Wann darf er kommen?«

Ich sah sie vor mir, ihr Gesicht, das weiße Haar, eine Frau um die fünfzig, an das Telefon geklammert und die Augen starr auf den metallenen Hintergrund der Kabine gerichtet. Das Lämpchen des Obersts brachte mich in die Wirklichkeit zurück.

»Besetzt, Herr Oberst. Immer noch …«

»Was zum Teufel ist mit diesem Anruf, Gefreiter?«

»Es ist immer noch besetzt, immer noch, Herr Oberst. Ich wähle erneut, Herr Oberst.«

Er legte mit einem Knurren auf. Ich beschloß, die Leitung 5 zu vergessen, und wählte die Nummer des Kapitanats in Burgos. Heiliger Himmel, es war besetzt. Im Hof planschten die von der dritten Kompanie in den Pfützen, mit schlammverschmierten Beinen. Mein Finger zitterte, als ich die Leitung 5 drückte. Sie war da. Ich hörte ihren Atem.

»Señora«, murmelte ich.

»Kann José kommen?« fragte sie angstvoll.

»Señora, ich muß wissen, in welcher Kompanie José ist. Sagen Sie mir, in welcher Kompanie José ist.«

»Bei der Infanterie, kennen Sie meinen José nicht? Er ist bei der Infanterie.«

»Wir sind alle bei der Infanterie, Señora, das hier ist die Infanteriekaserne.«

Ich wollte schreien. Mir drehte sich der Kopf. In diesem Augenblick ging die Tür der Zentrale auf. Ich schnellte hoch wie eine Sprungfeder und grüßte nervös.

»Was ist mit diesem Anruf in Burgos, Gefreiter?«

»Es ist besetzt, Herr Oberst. Ich schwöre Ihnen, es ist besetzt. Das ist nicht normal, Herr Oberst, aber es war die ganze Zeit besetzt. Jetzt wähle ich noch einmal.«

Er blieb neben dem Telefon stehen, während er mißtrauisch auf die elektronische Tafel blickte. Ich wählte aus dem Gedächtnis. Der Anruf wurde entgegengenommen.

»Endlich, Señor. Kapitanat. Soll ich in Ihr Büro durchstellen?«

Er nahm den Hörer, ohne etwas zu sagen. Er sprach an Ort und Stelle. Er kommentierte das Geschehen des Pferderennens, und sein mißmutiges Gesicht hellte sich auf, während ich strammstand und dem Lämpchen der Leitung 5 zusah, das wie ein kleiner Vogel erstarb.

Die Straße des lahmen Pferdes

Ich machte die Fahrt jeden Freitagnachmittag. Es war eine höllische Route, aber ich wollte einfach nur so früh wie möglich ankommen. Die Straße windet sich ab Muros zuerst die von Sonne und Mensch versengte Bergkette hoch und durchquert dann eine weite grüne Leere. Zumindest scheint es so. Ich konnte mich nur an einen unfreiwilligen Halt erinnern. Ein paar Pferde hatten meine Hupe überhört. Sie standen mitten auf der Straße und hielten die Mäuler genießerisch in den Wind. Ab und zu bewegten sie den Hals mit frecher Eleganz und stampften wie herausfordernd mit den Hufen. Ich versuchte noch einmal vergeblich, mit der Hupe den Weg frei zu bekommen. Geduld. Auch sie schienen zu warten.

Angekündigt durch ein Wiehern, trat ein prächtiger schwarzer Hengst aus den Pinien. Er pflanzte sich mitten auf der Fahrbahn auf und kam langsam auf das Auto zu. Er schaute mich mit hochmütiger Gleichgültigkeit an und umrundete dann den Wagen, als machte er eine Inspektion. Schließlich kehrte er zur Gruppe zurück, bewegte den Kopf von oben nach unten und befahl die Herde zu den Wiesen, die sich auf der linken Seite erstreckten, auf dem Weg zu den Balkonen des Ozeans. Der Chef hatte einen majestätischen Gang. Er war lahm. Nicht ich war es, den sie suchten.

Das heute war eine andere Geschichte.

Vor mir fuhr ein Wagen mit einem ortsfremden Kennzeichen, und weiter vorne, ihm den Rücken zukehrend, lief eine Gruppe von Menschen. Unter einem bleifarbenen Himmel gingen sie langsam, als wögen ihre Füße schwer, und nahmen die ganze Breite der Straße ein. Während der Wagen im Schrittempo vorankroch, konnte ich die Eingeweide aus Schotter und Lehm sehen, die überall aus der Piste hervorbrachen. Im verlangsamten Panorama folgten die Augen der Linie der elektrischen Zäune, dann und wann angezogen von den Überresten rostiger Haushaltsgeräte im Straßengraben oder, am Horizont, von dürren, ausgebleichten Vogelscheuchen und von Kühen, die aussahen, als hätten sie seit Jahrhunderten auf diesen Augenblick gewartet. Auf eine Pforte gestützt, blickte ein kleiner Junge der stummen Prozession nach. Sein Kopf war rasiert, mit kleinen weißlichen kahlen Stellen, und er trug eine blaue Jacke mit Flicken an den Ellbogen und einem mit Goldfaden aufgestickten Wappen. Ich musterte ihn, seine Stickerei, und er schaute mit unschuldigem Stolz zurück.

Die Insassen des vorderen Wagens wurden ungeduldig. Es waren junge Leute, und einer von ihnen, der Beifahrer, ließ seit einiger Zeit eine gewisse Unruhe erkennen. Sie hupten laut. Erst kurz, dann immer nachdrücklicher. Die letzte Reihe des Zuges wandte sich schließlich um. Sie blieben stehen. Es waren Männer und Frauen, die alle vorzeitig gealtert schienen, auch die jünger Aussehenden. Sie trugen dunkle Regenschirme und derbe Stöcke und schauten uns düster an; auch mich. Und mehr war nicht nötig.

Zurück blieben die Steinhäuser des unscheinbaren Ortes, von dem der Marsch vielleicht seinen Ausgang genommen hatte. Weiter vorne nichts, nur die lange Gerade der Straße und ein immer stürmischerer Himmel. Als der Regen dann fiel, tat er es mit planmäßiger Wut. Im Zug spannten sie die Regenschirme auf, und einige bedeckten den Kopf mit ihren Jacken. Statt den Schritt zu beschleunigen, wurden sie langsamer. Man war genötigt, immer wieder zu halten und dann kurze Strecken vorzurücken. Der Regen prasselte auf die Windschutzscheibe, und ich unterhielt mich damit, den Pfützen auszuweichen, wie bei einem winterlichen Videospiel.

Aus der dichten Menschenmenge löste sich ein Schatten. Der Wagen vor mir fuhr weiter, aber ich beschloß anzuhalten. Nachdem er Platz genommen hatte, zog er die wasserglänzende Mütze ab und hustete. Er hustete mit einem tiefen Husten, der kein Ende nehmen zu wollen schien. Dann fuhr er sich mit einem Tuch über den Mund, tat einen heftigen Atemzug, warf mir einen Blick aus dem Augenwinkel zu und zündete sich eine Zigarette an. Und hielt mir die Schachtel hin. »Rauch ist gut gegen den Schnupfen«, sagte er mit Überzeugung. Dann spuckte er mit den ersten Tabakfasern aus: »Dieser Scheißkerl von Pfarrer.«

Er schwieg einen Augenblick, als bereute er eine unpassende Vertraulichkeit. Und schaute mich erneut aus dem Augenwinkel an.

»Im Winter sterben wir Alten wie die Vögel, aber der war ein junger Bursche mit guter Gesundheit, so ist das Leben.«

»Warum?« fragte ich.

»Warum was?« sagte er mißtrauisch.

»Warum haben Sie den Geistlichen einen Scheißkerl genannt?«

Er hatte sich geweigert, den Verstorbenen in der Gemeinde zu beerdigen. Das ganze Dorf war empört, denn er war ein herzensguter Mensch gewesen. Er hatte sich an einem Apfelbaum erhängt. Der Geistliche hatte gesagt, nach dem Gesetz der Kirche könne er ihm kein christliches Begräbnis geben, daher brachten sie ihn in eine andere Gemeinde, fünf Kilometer entfernt.

»Und wenn sie ihn dort auch nicht beerdigen?«

Der Alte schnalzte mit der Zunge. Er schaute wieder aus den Augenwinkeln.

»Wissen Sie was? Die Winter werden immer kälter.«

Das Gefolge blieb vor dem Vorhof der kleinen romanischen, grob restaurierten Kirche stehen. Ein Riß in der Rosette der Fassade war mit Ziegelstein repariert worden, und neben der Glocke ragte gebieterisch ein Lautsprecher.

»Wir sind da«, sagte der Alte.

Er stieg aus und machte eine flüchtige Abschiedsgeste, eingehüllt in Rauch und Regen. Einer Eingebung folgend parkte ich den Wagen. Einige Nachbarn, die nahe am Sarg standen, schienen die Sache in die Hand zu nehmen und sprachen miteinander. Es vergingen lange Minuten des Wartens, das Wasser rann über die Gesichter der Gemeindemitglieder, und als ich mich anschickte, meine Fahrt wieder aufzunehmen, zeigte der Alte auf mich.

»Guter Freund, wir brauchen einen Wagen«, sagte einer der Wortführer des Gefolges. »Wir müssen den Pfarrer suchen, bevor er sich davonmacht.«

Auf schlammigen Wegen erreichten wir schließlich ein halb verfallenes Herrenhaus. Ein riesiger Hofhund lief uns nicht gerade freundlich gesonnen entgegen. Der Alte versetzte ihm einen bedenkenlosen Stockhieb, und der Hund lief jaulend davon. Die Tür des Hauses ging auf, und ich hätte beinahe den Blick abgewandt. Es war ein abstoßendes Wesen, eine bucklige Frau, die uns mit ihrem einzigen gesunden Auge anschaute. Der Alte fragte nach dem Pfarrer, und sie antwortete mit einer Art Grunzen. Ich fühlte, wie mein Herz einen weiteren Satz tat. Schließlich erschien ein junger Mann mit Engelsgesicht, fast ein Kind mit Soutane.

»Ich weiß schon, warum ihr kommt, aber er ist nicht in der Gnade Gottes gestorben.«

»Er war ein guter Mensch, Herr Pfarrer«, antwortete der Alte.

Mir wurde klar, daß der erste Eindruck falsch war. Die stahlgrauen Augen des jungen Pfarrers mit dem Aussehen eines Kindes blickten kalt. Er schien nachzudenken. Er schaute die mißgestaltete Frau an, und diese machte eine zustimmende Geste.

»Nun gut. Der Herr Jesus Christus möge mich leiten.«

Unterwegs sagte niemand ein Wort. Als wir ankamen, stand der Sarg auf einer Steinplatte in der Vorhalle, und die Nachbarn warteten im Schutz der Friedhofsmauern. Im Innern der Kirche war es kalt, kälter als draußen. Auf die Gebete des Pfarrers folgte einstimmiges Gehüstel. Plötzlich trat tiefste Stille ein. Der Pfarrer fixierte die Gemeindemitglieder.

»Er ist nicht im Frieden mit Gott gestorben. Mehr noch, er wird schwerlich in das Himmelreich kommen, denn wer das Leben verleugnet, verleugnet Gott. Das Leben ist ein Geschenk Gottes, und nur ihm kommt es zu, die Stunde unseres Todes zu bestimmen. Auch für euch gibt es wenig Hoffnung. Ihr lebt in Sünde, seid verdorben, vergiftet durch die Versuchung des Fleisches. Denkt nicht, daß er Vergebung oder Erbarmen verdient. Was er getan hat, war ein Akt des Hochmuts und der Selbstsucht vor Gott, unserem Herrn. Ich werde auch für euch beten, aber ich habe nicht viel Hoffnung, daß es euch nützt.«

Nach diesen Worten bedachte er uns mit einem niederschmetternden Blick, wandte sich um und setzte den Gottesdienst fort. Als wir die Kirche verließen, nachdem wir den Toten unter die Erde gebracht hatten, liefen die Nachbarn in zerstreuten Gruppen auf der Straße. Der Alte verabschiedete sich erneut auf seine Art.

»Er hat Ihnen schreckliche Dinge gesagt«, rief ich laut, fast schreiend.

»Die ganze Zeit in der Kirche hab ich versucht, die Zehen zu bewegen«, sagte der Alte. »Ich war besorgt, ich hab sie nicht gefühlt.«

»Sie hätten nicht hinnehmen dürfen, was der Pfarrer Ihnen gesagt hat«, beharrte ich zornig.

»Folgen Sie Ihrem Weg, mein Freund.«

Die Nacht schien aus dem Bauch des bleiernen Himmels herabzustürzen. Der Alte ging zwischen Rauch und Regen davon, hinkend.

Eine Million Kühe

Sie trug nicht Schwarz, sondern ein blau und weiß gemustertes Kleid und über den Schultern einen Schal von der Farbe alten Silbers, wie eine Fortsetzung ihres Haars. Sie machte mir das Stoppzeichen vom Schatten der Markise aus, und als ich anhielt, trat sie entschlossen ans Autofenster, zwei Eulenaugen mit einer Schildpattbrille blickten mich an.

»Du fährst doch nach Lugo, oder?«

Sie fragte, als gäbe es wirklich keinen anderen Ort, zu dem man fahren konnte. Danke, mein Junge, du hast mir das Leben gerettet, sagte sie, nachdem sie auf dem Sitz Platz genommen und sich mit den Händen das Haar gerichtet hatte. Im Radio erklang das Fünf-Uhr-Zeitzeichen und dann die Erkennungsmelodie der Nachrichtensendung. Ohne auf die störenden Töne zu achten, die sich zwischen uns schoben, erklärte sie sogleich, daß sie den Bus verpaßt und einen Termin beim Arzt habe. In diesem Alter hat man nichts als Zipperlein, mein Junge, es ist ein Elend, alt zu sein. In Galicien, sagte der Sprecher, gibt es ungefähr eine Million Kühe. Ach was, Señora, sagte ich aus Höflichkeit, sagen Sie doch das nicht. Blödsinn, sagte sie, die denken, wir sind blöd, eine Million Kühe!, die geben den ganzen Tag Blödsinn von sich. Ich schaltete das Radio aus, und sie wandte sich mir zu, mit zufriedenem Gesicht. Nichts, was sie sagen, ist wahr, mein Junge, nichts, was sie sagen, ist wahr.

Sie fragte mich, wo ich lebe, und ich antwortete ihr, ich wisse das nicht so genau. Ich bin mal hier, mal da.

Sie lächelte. Ihr jungen Leute seid ein Fall für sich. Ich habe in Madrid gelebt. Kennst du Madrid? Bis vor kurzem hab ich in Madrid gelebt. Ich habe einen Sohn dort, er ist wegen Arbeit hin und hat dort geheiratet. Eines Tages tauchte er zu Hause auf, in Soutomaior, ich war gerade beim Kartoffelschälen, und sagte zu mir, auf, Mama, pack deine Sachen und komm mit mir. Und ich hab gesagt, aber Junge, was mach ich mit den Tieren und mit dem Haus, wer wird sich um das Haus kümmern? Und er sagte, schau, Mama, es wird sich schon jemand um die Tiere kümmern, wir überlassen sie den Nachbarn, und das Haus, das Haus wird schon niemand forttragen. Und so war es. Ich bin nach Madrid gezogen.

Und hat Madrid Ihnen gefallen?

Wie?

Hat Madrid Ihnen gefallen?

Sehr. Es hat mir sehr gefallen.

Die Alte wühlte in ihrer Tasche und holte einen kleinen Spiegel und einen Lippenstift hervor.

Es hat mir sehr gefallen, sagte sie, nachdem sie sich zurechtgemacht hatte. Aber ich konnte nicht schlafen. Mein Sohn wohnte in einer Wohnung, einer kleinen Wohnung, aber sie war in Ordnung. Na ja, leidlich. Die Schwiegertochter ist ein Schatz. Ich wollte immer, daß er sich ein Mädchen von hier sucht, aber, na ja, er hat dort geheiratet, und ich sage Ihnen, das Mädchen ist wunderbar, zwar sehr dünn, aber sehr sympathisch. Ich durfte nichts machen. Nicht einmal das Geschirr abwaschen. Du, Mama – sie nannte mich Mama –, ruhst dich aus, du hast genug gearbeitet. Wie alle anderen auch, mein Kind. Nein, Mama, setz dich wieder hin. Aber ach, mein Junge, ich konnte nicht schlafen. Die Wände waren aus Papier. In der Wohnung über uns hatten sie ein Kind, ein Baby, das natürlich manchmal weinte. Genau über mir stand die Wiege. Kannst du dir vorstellen, daß die unseligen Eltern nicht aufstanden, um es in den Schlaf zu wiegen? Nacht für Nacht der Säugling, der wie am Spieß schrie, bis er aus Erschöpfung verstummte, der Ärmste. Mir zerriß es das Herz. Einmal hab ich die Mutter im Hauseingang getroffen und es ihr gesagt, beim Allmächtigen, ich hab's ihr gesagt. Ich habe zu ihr gesagt, ob sie denn kein Herz haben, das Kind so weinen zu lassen. Wetten, du weißt nicht, was die unverschämte Person mir geantwortet hat? Kümmern Sie sich um Ihren eigenen Kram. Das hat sie zu mir gesagt, der Blitz soll sie treffen. Aber das war nicht das Schlimmste.

Ich schaute sie aus dem Augenwinkel an. Ihre Lippen waren zusammengepreßt, und sie rieb die Hände aneinander.

Das Schlimmste war, daß meine Schwiegertochter mir genau das gleiche sagte. Das geht dich nichts an, Mama, jeder lebt sein eigenes Leben. An dem Abend hat das Kind wieder geweint. Mir zerriß es das Herz. Deshalb bin ich gegangen. Was sagen Sie dazu? Am nächsten Tag bin ich gegangen.

Als wir den Meixoeiro hinunterfuhren, zeichnete sich in der Ferne die chaotische Silhouette von Vigo ab, wie eine schmuddelige Trennwand im Paradies der Ría.

Wollen Sie zum Altersheim?

Nein, nein. Setz mich am Ortseingang ab, ich finde mich schon zurecht.

Wenn Sie wollen, fahre ich Sie zum Arzt; ich habe Zeit genug.

Sie lehnte auch das ab, aber als ich an der Ampel der Plaza de España hielt, legte sie mir eine Hand aufs Knie und rückte näher, als wollte sie mir etwas Vertrauliches mitteilen. Weißt du, wo das Nova Olimpia ist? Ich war überrascht, aber ich antwortete mit ja. Ich glaube, ja. Dann setz mich da ab. Heute ist Seniorenball, weißt du? Als ich aus Madrid zurückkam, hab ich mir einen Verehrer zugelegt.

Er wird doch nicht Arzt sein?

Nein, Gott bewahre! sagte sie und lachte Tränen.

Der einsame Seemann

Vom großen Glasfenster des Singapore aus verfolgte der Mann mit dem roten Haar das Röhren des Sturms. Das aufgewühlte, ruhelose Meer erbrach einen Saum von Abfällen auf den Sand, klebrigen Algenzauber, heimatlose Seeigel, verlorene Krustentiere und vieles mehr, einen Jahrmarkt seltsamer Körper, Verpackungen mit Kalligrammen aus Salpeter und Harz, verirrte Kiefer, Hölzer mit Tierzeichnungen, zerfaserte Seile, Maschinenteile mit rostigen Zähnen, einzelne Schuhe und das Skelett einer Uhr. Der Seemann machte eine Geste der Erleichterung. Der alte Kutter mit dem schwarzen Mast, der an der Mole der Fischer vertäut lag, hielt dem Ansturm der wütenden Wellen stand.

Die Sonne kehrte triumphierend zurück, und das Meer glänzte bis zur Linie des Horizonts wie der Rücken eines riesigen Fisches. Auch die Leute ließen sich sehen. Ein Alter öffnete verstohlen die Tür, schien zu zögern, kam schließlich herein und warf eine Münze in den Schlitz des Spielautomaten. Er fluchte leise vor sich hin, versetzte ihm mit der flachen Hand einen Schlag auf die Seite und ging.

Das Singapore wurde von einem dicken Mann in den Vierzigern geführt, der ab und zu in der Küche verschwand, wo man ihn dann schreien hörte. Auch das Gezeter einer Frau war zu hören. Ein kleiner Junge kletterte hinter der Theke hoch, auf Sprudelkästen gestützt. Er schaffte es bis auf die Höhe des Fremden und erzählte ihm, sein Vater könne Miniaturwagen machen, die von Fliegen und auch von Schmetterlingen gezogen würden, obwohl letzteres schwieriger sei, wie er hinzufügte. Der Junge zeigte seine Arme voller Kratzer und kleiner blauer Flecken. Er hatte Nester gesucht und zwei gefunden, er wußte nicht, von welchen Vögeln, aber die Eier hatten blaue Flecken, und er hatte sie an Ort und Stelle zerdrückt, neben der Anlegestelle. Sein Vater befahl ihm, von der Theke herunterzusteigen, und schlug ihn auf den Kopf, ohne ihm Zeit zu lassen, zu gehorchen. Der Junge preßte nur die Lippen aufeinander, kletterte herunter und spuckte in das Sägemehl.

»Ich bin stark«, sagte er, während er den Seemann anschaute, und zeigte erneut die Schrammen der Dornen vor.

Der dicke Mann versetzte ihm einen weiteren Hieb auf den Kopf, dieses Mal mit mehr Nachdruck. Der Junge hielt die Augen gegenüber dem Besucher offen und lief rot an. Er war kurz davor zu weinen und versuchte, es zu unterdrücken. Doch die Tränen schossen ihm in die Augen. Die Luft staute sich in seiner Brust, und er schluchzte auf. Der Vater ging zum anderen Ende der Theke, griff einen Besen und schaltete mit dem Stielende den Fernseher an. Der Junge setzte sich an einen Tisch im hinteren Teil und barg das Gesicht in den Armen. Die Mutter kam aus der Küche und fuhr ihn an:

»Teufel, du bist ein Teufel, was weinst du?«

Auf dem Bildschirm erschienen Bilder von asiatischen Bauern, sie flohen vor Soldaten, die ab und zu in die Kamera winkten. Bisweilen verschwand die Farbe, und man sah die Szenen in Schwarzweiß. Der dicke Mann stocherte mit dem Besenende an den Knöpfen des Apparats herum, aber die Farbe schien endgültig verloren. Hubschrauber flogen über riesige Reisfelder hinweg und warfen ihre Schatten darauf. Der Junge hatte aufgehört zu weinen und betrachtete verstohlen den Seemann. Er hatte eine Tätowierung.

Der Vater winkte den Jungen mit einer energischen Geste zu sich. Er hob ihn hoch und näherte ihn dem Fernseher. Der Junge fummelte an den Knöpfen herum, bis das Bild wieder stand und die Farbe zurückkehrte. Der dicke Mann lächelte. Er setzte den Kleinen auf den Boden, fuhr ihm durchs Haar und versetzte ihm einen liebevollen Klaps. Die Mutter schaute von der Küchentür aus.

»Ich hab dir doch gesagt, du sollst den Jungen nicht auf den Kopf schlagen. Gib ihm was auf den Hintern, wenn du willst.«

Der Mann würdigte sie keines Blickes. Draußen erklang Musik. Der Seemann wandte den Kopf zum Glasfenster. Eine Gruppe junger Leute saß auf dem vertäuten Boot. Am Bug hatten sie einen großen Kassettenrecorder. Es waren alles Jungen, außer einem Mädchen mit gefärbtem Haar. Der Besitzer der Kneipe Singapore spuckte ins Sägemehl.

»Drogensüchtige. Sie kommen und gehen. Nehmen Drogen.«

Er griff wieder nach dem Besen und stellte den Fernseher lauter. In den Nachrichten kamen jetzt die Fußballergebnisse. Die Gäste, die Karten spielten, sahen zum ersten Mal auf. Das Gesicht des Kneipenwirts belebte sich. Er schien mit den Ergebnissen zufrieden zu sein und machte dem Fremden ein Siegeszeichen.

»Ich auch Fußball spielen«, sagte er, langsam und

laut artikulierend. »Ich war nicht schlecht, nein. Sagte man. Ich glaube, ich war gut. Ja, ich war gut.«

Er wiederholte es mehrmals, bis der rothaarige Seemann nickte, als teilte er diese triumphale Erinnerung. Der Wirt zeigte auf die mit Grünspan überzogenen Siegestrophäen, die auf den Regalen zwischen Schnapsflaschen standen. Er nahm eine Fotografie herunter, wischte mit dem Handrücken den Staub ab, schaute sie zufrieden an und hielt sie dann dem Fremden hin. Das Bild zeigte einen etwa zwanzigjährigen, robust und athletisch aussehenden jungen Mann. Den rechten Fuß hatte er auf den Ball gestützt. Er trug eine blaue Hose, ein weißblaues Hemd und blaue Strümpfe mit weißem Bund. Sein Haar war lang und mit einem Band zusammengefaßt. Er lächelte.

»Schöner Dreß, was?«

Er hängte das Foto wieder auf, wobei er versuchte, es in das staubige Rechteck an der Wand einzupassen. Der Fremde blieb gleichmütig, und dies schien ihn zu ärgern. Er zeigte erneut auf das Bild des Fußballers.

»Das war ich. Das ich. Ich war Champion. Und Mister. Auch Mister. Zwei Jahre lang Mister. Ich müde. Aber sehen Sie, das war ich. Das ich.«

Er steckte sich einen Zahnstocher in den Mund und wartete vergeblich auf einen Kommentar, eine Frage.

»Scheiße. Das war ich.«

Der Mann entfernte sich murrend, um neue Kunden zu bedienen. Die Neuankömmlinge bestellten eine Flasche Champagner, und der Wirt schenkte sich ebenfalls ein. Sie sahen etwas anders aus als die übrigen Gäste. Sie hatten Lederjacken an, und der Wortführer trug ein offenes Hemd, das ein großes Kruzifix auf der behaarten Brust sehen ließ. Sie redeten über Frauen.

»Ich sage euch, diese Schaluppe brauchte fünf oder sechs Motoren. Ich konnte nur zwei anbringen.«

Sie lachten schallend.

»Aber Paco, nur zwei?«

»Was wollt ihr, zum Teufel? Ich war voll bis obenhin, und in der Nacht vorher hatte ich nicht geschlafen. Euch wird er noch verrosten. Hört auf mich. Wir lassen mal an einem Wochenende die Frauen da, sie sollen mit den Kindern was machen, damit ihr lernt, wie ein Christenmensch zu vögeln.«

Die Tür des Singapore ging erneut auf. Ein Typ mit Schnauzbart und kräftigem Körperbau trat an die Theke und rief so laut nach dem Wirt, daß die Gruppe der Lederjacken verstummte.

»Ich komme wegen des Geschäfts.«

Der Kneipenbesitzer musterte ihn gründlich. Er kam hinter der Theke hervor und bedeutete ihm durch Zeichen, ihm zu folgen. Er schob einen Vorhang beiseite und forderte ihn auf, im Nebenraum Platz zu nehmen. Dann kehrte er zu seinem Platz hinter der Theke zurück, und die Gruppe stand auf und ging zu dem Neuankömmling.

Auf dem Bildschirm sah man die Vorbereitungen für eine Kunstausstellung unter freiem Himmel, die auf einem mit Steinplatten belegten Platz, umgeben von monumental wirkenden Fassaden, stattfinden sollte. Die Kräne bewegten große Stein- und Metallskulpturen. Niemand schaute hin. Nur ein Alter hob den Blick über dem Fächer der Karten, als die Maschinen einen Granitblock hoben, der wie ein Mühlstein aussah, in dessen Mitte jedoch der Kopf eines Ochsen eingelassen war. Der Alte machte die anderen Spieler darauf aufmerksam.

»Firlefanz«, befand einer. Und sie setzten die Partie fort.

Mit unter den Arm geklemmtem Besen versuchte der Besitzer des Singapore jetzt, umzuschalten. Er blickte sich suchend nach dem Jungen um, aber der war verschwunden. Einige Kunden riefen nach ihm, und er stellte den Besen in eine Ecke. Auf dem Bildschirm redete ein Mann mit Bart, der müde und melancholisch aussah. Er sprach vom Tod einer Kultur. Er nannte als Beispiel die Sternschnuppen, die eines Nachts innerhalb von Sekunden verschwinden, nachdem sie Tausende von Jahren am Himmelsgewölbe geleuchtet hatten. Plötzlich Leere. Der Wirt des Singapore hatte seinen Kommandoposten wieder eingenommen, strich sich mit der linken Hand über den Bauch und zielte mit dem Besen; dieses Mal traf er. Auf dem Bildschirm erschienen Bilder eines Seesturms. Alles war ungemein vertraut. Sie sprachen von der Küste. Von dieser Küste. Einige Schiffe waren abgedriftet, dem Sprecher des Zivilschutzes zufolge war aber bereits alles unter Kontrolle. Es hatte Opfer gegeben, darunter jemand, der allein hinausgefahren war. Die Nachricht wurde mit dem Bild seines Bootes unterlegt, das an den Klippen zerschellt und dessen schwarzer Mast gebrochen war. Und dann zeigten die Kameras den leblosen Körper des Schiffbrüchigen, den die Wellen des Meeres bis zum Strand getragen hatten. Es handelte sich um einen jungen, rothaarigen Mann mit einer Tätowierung in Form einer Schildkröte.

Da stand er, die Ellbogen auf die Theke des Singapore gestützt. Mit einem Zeichen bestellte er noch ein Bier. Statt ihn zu bedienen, starrte der Kneipenwirt ihn an. Er hob eine Hand an sein Ohr, drehte den Zahnstocher mit den Lippen um und spuckte in die Sägespäne.

»Der im Fernsehen waren Sie.«

Der Fremde nickte.

»Anscheinend sind Sie tot.«

Der Gast stimmte ihm mit einer Kopfbewegung zu.

»Richtig?«

Er nickte erneut.

Der Junge stand am Fenster und zeichnete mit den Finger auf die angelaufenen Scheiben. Der Vater rief ihn laut zu sich und hob ihn auf die Theke, gegenüber dem Seemann.

»Sieh mal, hier. Dieser Herr ist tot.«

Und er versetzte ihm liebevoll einen weiteren Klaps auf den Kopf.

Die Zunge der Schmetterlinge

Für Chabela

»Na, Sperling? Ich hoffe, dieses Jahr können wir endlich die Zunge der Schmetterlinge sehen.«

Schon seit geraumer Zeit wartete der Lehrer darauf, daß man den staatlichen Schulen ein Mikroskop zukommen ließ. Er erzählte uns so oft, wie sich die kleinen, unsichtbaren Dinge in diesem Apparat vergrößern, bis wir Kinder sie schließlich wirklich vor uns sahen, so als hätten seine begeisterten Worte die Wirkung mächtiger Linsen.

»Die Zunge des Schmetterlings ist ein Rüssel, der wie die Feder einer Uhr eingerollt ist. Wenn ihn eine Blume anlockt, entrollt er ihn und senkt ihn in den Kelch, um zu saugen. Wenn ihr den angefeuchteten Finger in die Zuckerdose steckt, fühlt ihr da nicht schon die Süße im Mund, als wäre die Fingerkuppe die Zungenspitze? Genauso ist die Zunge der Schmetterlinge.«

Und dann waren wir alle neidisch auf die Schmetterlinge. Wie schön. Durch die Welt zu fliegen, mit dieser festlichen Kleidung, und an Blumen haltzumachen, als wären es Schenken mit Fässern voller Sirup.

Ich mochte diesen Lehrer sehr. Am Anfang konnten meine Eltern das nicht glauben. Ich meine, sie konnten nicht verstehen, wieso ich meinen Lehrer mochte. Als kleines Kind war die Schule eine schreckliche Drohung für mich. Ein Wort, das die Luft schwirrend zerschnitt, wie eine Weidenrute.

»Du wirst schon sehen, wenn du in die Schule kommst.«

Zwei meiner Onkel waren wie viele andere junge Männer nach Amerika ausgewandert, um nicht als Rekruten in den Marokko-Krieg gehen zu müssen. Und auch ich träumte davon, nach Amerika zu gehen, nur, um nicht in die Schule zu müssen. Es gab tatsächlich Geschichten von Kindern, die in den Wald geflohen waren, um dieser Qual zu entgehen. Sie tauchten nach zwei oder drei Tagen wieder auf, starr vor Kälte und wortlos wie Deserteure der Schlacht in der Wolfsschlucht.

Ich war fast sechs Jahre alt, und alle nannten mich Sperling. Andere Jungen meines Alters arbeiteten schon. Aber mein Vater war Schneider und hatte weder Land noch Vieh. Er sah mich lieber in weiter Entfernung und nicht als Störenfried in seiner kleinen Schneiderwerkstatt. Deshalb trieb ich mich einen großen Teil des Tages auf der Alameda herum. Und es war Cordeiro, der Straßenfeger, der mir den Spitznamen verpaßte. »Du hüpfst herum wie ein Sperling.«

Ich glaube, ich bin nie so viel herumgestromert wie in jenem Sommer vor der Einschulung. Ich lief wie ein Verrückter, und manchmal schoß ich über die Grenze der Alameda hinaus und rannte weiter, den Blick auf den Berg Sinai gerichtet, in der Hoffnung, eines Tages würden mir Flügel wachsen, und ich könnte nach Buenos Aires fliegen. Aber nie wagte ich mich über diesen magischen Berg hinaus.

»Du wirst schon sehen, wenn du in die Schule kommst.«

Mein Vater beschrieb die Art und Weise, wie der Lehrer ihnen das gehauchte g austrieb, damit sie nicht mehr »aghua«, »ghato« oder »ghracias« sagten, wie eine Tortur, als hätte man ihnen mit der Hand die Mandeln herausgerissen. »Jeden Morgen mußten wir den Satz sagen: Die Vögel in Guadalajara haben den Schnabel voller Körner. Wie viele Schläge mußten wir einstecken wegen Ghuadalagara!« Wenn er mir wirklich angst machen wollte, so ist ihm das gelungen. In der Nacht vor meinem ersten Schultag konnte ich nicht schlafen. Zusammengerollt in meinem Bett, hörte ich die Wanduhr im Wohnzimmer mit der Beklemmung eines Verurteilten. Der Tag kam mit der Helligkeit einer Schlachterschürze. Es wäre keine Lüge gewesen, wenn ich meinen Eltern gesagt hätte, daß ich krank war.

Die Angst nagte in meinem Innern wie eine Maus.

Und ich pinkelte mich voll. Ich pinkelte nicht im Bett, sondern in der Schule.

Ich kann mich gut erinnern. Es sind so viele Jahre vergangen, und noch immer fühle ich, wie eine warme, schändliche Feuchtigkeit mir die Beine hinunterrinnt. Ich saß auf der letzten Bank, halb geduckt, und hoffte, keiner werde mein Vorhandensein bemerken, bis ich hinauslaufen und über die Alameda fliegen könnte.

»Du da, steh mal auf!«

Das Schicksal rief. Ich hob die Augen und sah entsetzt, daß der Befehl mir galt. Der potthäßliche Lehrer zeigte mit dem Lineal auf mich. Es war klein, aus Holz, aber mir kam es vor wie die Lanze von Abd el-Krim.

»Wie heißt du?«

»Sperling.«

Alle Kinder lachten schallend. Mir war, als würde man mir Blechdosen um die Ohren hauen.

»Sperling?«

Ich konnte mich an nichts erinnern. Nicht einmal an meinen Namen. Alles, was ich bisher gewesen war, verschwand aus meinem Kopf. Meine Eltern waren zwei verschwommene Gestalten, die sich in der Erinnerung auflösten. Ich schaute zum Fenster und suchte angstvoll die Bäume der Alameda.

Und in diesem Augenblick machte ich mir in die Hose.

Als die anderen Jungen das merkten, wurde das Lachen noch lauter und klang wie Peitschenhiebe.

Ich floh. Ich rannte los wie ein Verrückter mit Flügeln. Ich rannte, rannte, wie man nur in Träumen rennt, wenn einem der schwarze Mann auf den Fersen ist. Ich war überzeugt, daß der Lehrer hinter mir war. Daß er mich verfolgte. Ich konnte seinen Atem und den aller Kinder im Nacken spüren, wie eine Hundemeute bei der Fuchsjagd. Aber als ich auf der Höhe des Musikpavillons angelangt war und mich umwandte, sah ich, daß niemand mir folgte, daß ich allein war mit meiner Angst, in Schweiß und Urin gebadet. Der Pavillon war leer. Niemand schien auf mich zu achten, aber ich hatte das Gefühl, daß das ganze Dorf sich verstellte, daß Dutzende von tadelnden Augen hinter den Fensterscheiben lauerten und es nicht lange dauern konnte, bis böse Zungen meinen Eltern die Nachricht überbringen würden. Die Beine entschieden für mich. Sie liefen zum Sinai mit einer nie gekannten Entschlossenheit. Dieses Mal würde ich es bis nach Coruña schaffen und als blinder Passagier auf eines dieser Schiffe gehen, die nach Buenos Aires fahren.

Von der Anhöhe des Sinai sah man nicht das Meer, sondern einen weiteren Berg, der noch höher war, mit Felsen, die sich wie die Türme einer uneinnehmbaren Festung abzeichneten. Heute erinnere ich mich mit einer Mischung aus Staunen und Wehmut, wozu ich an jenem Tag fähig war. Ich allein, auf dem Gipfel, auf dem steinernen Sitz, unter den Sternen, während sich diejenigen, die mit der Blendlaterne nach mir suchten, wie Glühwürmchen im Tal bewegten. Mein Name flog durch die Nacht auf dem Rücken des Hundegeheuls. Es machte mir nichts aus. Es war, als hätte ich die Grenze der Angst überschritten. Deshalb weinte ich nicht und wehrte mich auch nicht, als der massige Schatten von Cordeiro neben mir auftauchte. Er wickelte mich in seine Jacke und nahm mich in die Arme. »Ruhig, Sperling, es ist alles gut.«

Ich schlief tief und fest in dieser Nacht, dicht an meine Mutter gedrängt. Niemand hatte mich ausgeschimpft. Mein Vater war in der Küche geblieben, hatte schweigend geraucht, die Ellbogen auf die Wachstuchdecke gestützt, während sich die Kippen im Aschenbecher der Jakobsmuschel sammelten, wie in der Nacht, als die Großmutter starb.

Mir war, als habe meine Mutter die ganze Nacht meine Hand nicht losgelassen. Und so, wie jemand, der einen großen Korb trägt, brachte sie mich in die Schule zurück. Jetzt, mit ruhigem Herzen, konnte ich zum ersten Mal den Lehrer ansehen. Er hatte das Gesicht eines Frosches.

Der Frosch lächelte. Er kniff mich freundlich in die Wange. »Mir gefällt dieser Name, Sperling.« Und dieses Kneifen verletzte mich wie ein bittersüßes Kuchenstück. Aber noch unglaublicher war, als er mich an der Hand zu seinem Tisch führte und mich auf seinen Stuhl setzte. Es herrschte tiefe Stille. Er blieb stehen, griff nach einem Buch und sagte:

»Wir haben einen neuen Mitschüler. Es ist eine Freude für uns alle, und wir werden ihn mit einem Applaus begrüßen.« Ich glaubte, ich würde mir erneut in die Hose machen, aber ich bemerkte nur, daß meine Augen feucht wurden. »Gut, und jetzt wollen wir mit einem Gedicht beginnen. Wer ist an der Reihe? Romualdo? Auf, Romualdo, komm her. Du weißt schon, langsam und schön laut.«

Romualdo sah lächerlich aus mit seinen kurzen Hosen. Er hatte sehr lange, dunkle Beine, und seine Knie waren voller Schrammen.

Ein grauer, kalter Nachmittag …

»Einen Moment, Romualdo, was wirst du lesen?«

»Ein Gedicht, Señor.«

»Und wie heißt es?«

»Kindheitserinnerung. Sein Verfasser ist Antonio Machado.«

»Sehr gut, Romualdo, also los. Schön langsam und laut. Achte auf die Satzzeichen.«

Der genannte Romualdo, ein Junge aus Altamira, mit dem ich gemeinsam Säcke voll Ananas geschleppt hatte, räusperte sich wie ein alter Raucher, der sich seine Zigaretten aus schwarzem Tabak dreht, und las mit einer unglaublichen, wunderschönen Stimme, die aus dem Radio von Manolo Suárez, dem Amerikaheimkehrer aus Montevideo, zu kommen schien.

Ein grauer, kalter Nachmittag
im Winter. Die Schüler lernen.
Monotonie des Regens
Hinter den Fensterscheiben.
Unterricht. An der Wand
das Bild von Kain
auf der Flucht, und der tote Abel,
neben einem roten Fleck ...

»Sehr gut. Was bedeutet Monotonie des Regens, Romualdo?« fragte der Lehrer.

»Daß es regnet, nachdem es geregnet hat, Don Gregorio.«

»Habt ihr gebetet?« fragte Mama, während sie die Sachen bügelte, die Papa am Tag genäht hatte. In der Küche verströmte der Topf mit dem Abendessen einen bitteren Geruch nach Rüben.

»Ja, doch«, sagte ich, ein bißchen unsicher. »Etwas mit Kain und Abel.«

»Das ist gut«, sagte Mama. »Ich weiß nicht, warum die Leute sagen, daß dieser neue Lehrer ein Atheist ist.«

»Was ist ein Atheist?«

»Jemand, der sagt, daß es Gott nicht gibt.« Mama verzog mißbilligend das Gesicht und fuhr mit dem Bügeleisen energisch über die Falten einer Hose.

»Ist Papa ein Atheist?«

Mama stellte das Bügeleisen ab und starrte mich an.

»Wie kann Papa denn ein Atheist sein? Wie kommst du darauf, einen solchen Unsinn zu fragen?«

Ich hatte meinen Vater oft Gott lästern hören. Das

taten alle Männer. Wenn etwas schlecht lief, spuckten sie auf den Boden und sagten diese schrecklichen Worte gegen Gott. Sie sagten zwei Sachen: Ich scheiß auf Gott, ich scheiß auf den Teufel. Mir schien, als glaubten nur die Frauen wirklich an Gott.

»Und der Teufel? Gibt es den Teufel?«

»Natürlich!«

Der Topfdeckel tanzte über dem kochenden Wasser. Aus diesem beweglichen Mund kamen Dampfschwaden und Blasen aus Schaum und Gemüse. Ein Nachtfalter flatterte an der Decke um die Glühbirne, die an dem geflochtenen Kabel hing. Mama war mürrisch, wie immer, wenn sie bügeln mußte. Mit angespanntem Gesicht machte sie die Bügelfalten der Hosenbeine. Doch jetzt war ihr Ton sanft und leicht traurig, als spräche sie von einer hilflosen Person.

»Der Teufel war ein Engel, aber er wurde böse.«

Der Falter stieß gegen die Glühbirne, die leicht schwankte und die Schatten in Aufruhr brachte.

»Der Lehrer hat heute gesagt, daß die Schmetterlinge auch eine Zunge haben, eine dünne und sehr lange Zunge, die sie eingerollt tragen wie die Feder einer Uhr. Er will sie uns mit einem Apparat zeigen, den sie ihm aus Madrid schicken werden. Ob das wohl stimmt, daß die Schmetterlinge eine Zunge haben?«

»Wenn er es sagt, stimmt es. Es gibt viele Sachen, die unglaublich scheinen und doch wahr sind. Hat dir die Schule gefallen?«

»Und wie. Er schlägt nicht. Der Lehrer schlägt nicht.«

Nein, der Lehrer Don Gregorio schlug nicht. Im Gegenteil, er lächelte fast immer mit seinem Froschgesicht. Wenn zwei sich in der Pause prügelten, rief er sie zu sich, »ihr führt euch auf wie Schafböcke«, und brachte sie dazu, sich die Hand zu geben. Dann setzte er sie auf dieselbe Schulbank. So kam ich zu meinem besten Freund, Dombodán, der ein großer, gutmütiger Tölpel war. Da war noch ein Junge, Eladio, mit dem Leberfleck auf der Wange, dem ich gern was verpaßt hätte, aber das tat ich nie, aus Angst, der Lehrer könnte mir befehlen, ihm die Hand zu geben, und mich von Dombodán wegsetzen. Wenn Don Gregorio sich sehr ärgerte, zeigte er das durch Schweigen.

»Wenn ihr nicht den Mund haltet, werde ich den Mund halten.«

Und er ging zum Fenster, mit abwesendem Blick, der sich auf dem Berg Sinai verlor. Es war ein langes, entmutigendes Schweigen, als würde er uns in einem fremden Land zurücklassen. Ich begriff rasch, daß das Schweigen des Lehrers die schlimmste Strafe war, die man sich vorstellen konnte. Denn alles, worauf er zu sprechen kam, ergab eine spannende Geschichte. Sie konnte mit einem Blatt Papier beginnen, nachdem sie den Weg über den Amazonas und die Systole und Diastole des Herzens genommen hatte. Alles hing zusammen, alles hatte Sinn. Das Gras, die Wolle, das Schaf, mein Frieren. Wenn der Lehrer zur Weltkarte ging, waren wir so aufmerksam, als würde die Leinwand des Rex-Kinos aufleuchten. Wir fühlten die Angst der Indios, als sie zum ersten Mal das Wiehern der Pferde und das Knallen der Muskete hörten. Wir zogen auf dem Rücken von Hannibals Elefanten von Karthago durch den Schnee der Alpen nach Rom. Wir kämpften mit Stöcken und Steinen in Ponte Sampaio gegen die

Truppen Napoleons. Aber nicht alles war Krieg. Wir schmiedeten Sicheln und Pflugscharen in den Werkstätten von Incio. Wir schrieben Liebesgesänge in der Provence und auf dem Meer von Vigo. Wir bauten den Portikus der Seligkeit. Wir pflanzten die Kartoffeln, die aus Amerika gekommen waren. Und nach Amerika wanderten wir aus, als die Kartoffelpest kam.

»Die Kartoffeln sind aus Amerika gekommen«, sagte ich zu meiner Mutter beim Essen, als sie den Teller vor mich hinstellte.

»Von wegen, aus Amerika! Kartoffeln hat es immer gegeben«, sagte sie kategorisch.

»Nein. Früher hat man Kastanien gegessen. Und auch der Mais ist aus Amerika gekommen.« Zum ersten Mal hatte ich das deutliche Gefühl, daß ich dank des Lehrers wichtige Dinge unserer Welt wußte, die sie, die Eltern, nicht kannten.

Doch am spannendsten waren die Augenblicke in der Schule, wenn der Lehrer von Tieren sprach. Die Wasserspinnen hatten das Unterseeboot erfunden. Die Ameisen hielten Vieh, das ihnen Milch mit Zucker lieferte, und bauten Pilze an. Es gab einen Vogel in Australien, der sein Nest farbig anmalte, mit einer Art Öl, das er aus pflanzlichen Pigmenten herstellte. Ich werde das nie vergessen. Er hieß Laubenvogel. Das Männchen legte eine Orchidee ins Nest, um das Weibchen anzulocken.

Mein Interesse war so groß, daß ich Don Gregorios Lieferant für alle möglichen Tiere wurde und er mich als seinen besten Schüler betrachtete. Es gab Samstage und Feiertage, an denen er zu mir nach Hause kam und wir gemeinsam Ausflüge unternahmen. Wir streiften an den Flußufern entlang, durch Gestrüpp und Unkraut, durch den Wald, und stiegen auf den Berg Sinai. Es war jedesmal eine wahre Entdeckungsreise für mich. Immer kehrten wir mit irgendeinem Schatz zurück. Mit einer Gottesanbeterin. Einer Libelle. Einem Hirschkäfer. Und immer mit einem anderen Schmetterling, obwohl ich mich nur an den Namen von einem erinnern kann, den der Lehrer Iris nannte und der wunderschön leuchtete, wenn er sich auf dem Morast oder dem Dung niederließ.

Wenn wir zurückgingen, sangen wir auf den Wegen wie zwei alte Kumpane. Montags, in der Schule, sagte der Lehrer: »Und jetzt wollen wir von Sperlings Tieren sprechen.«

Für meine Eltern waren diese Aufmerksamkeiten des Lehrers eine Ehre. An den Ausflugstagen bereitete meine Mutter die Vesper für uns beide. »Das ist nicht nötig, Señora, ich habe schon gegessen«, beharrte Don Gregorio. Doch bei der Rückkehr sagte er: »Danke, Señora, es hat köstlich geschmeckt.«

»Ich bin sicher, daß er Not leidet«, sagte meine Mutter abends.

»Die Lehrer verdienen nicht, was sie verdienen sollten«, erklärte mein Vater mit feierlichem Ernst. »Sie sind die Leuchten der Republik.«

»Die Republik, die Republik! Wir werden schon sehen, wohin sie uns noch bringen wird, die Republik!«

Mein Vater war Republikaner. Meine Mutter nicht. Das heißt, meine Mutter ging jeden Tag zur Messe, und die Republikaner galten als Feinde der Kirche. Sie versuchten, sich nicht zu streiten, wenn ich dabei war, aber manchmal überraschte ich sie.

»Was hast du gegen Azaña? Das kommt vom Pfarrer, der euch den Kopf heiß macht.«

»Ich gehe zur Messe, um zu beten«, sagte meine Mutter.

»Du ja, aber nicht der Pfarrer.«

Eines Tages, als Don Gregorio mich abholte, um auf Schmetterlingsjagd zu gehen, sagte mein Vater zu ihm, er würde ihm gerne Maß für einen Anzug nehmen, wenn er nichts dagegen hätte.

»Für einen Anzug?«

»Don Gregorio, nehmen Sie es nicht übel. Ich möchte mich Ihnen gegenüber gerne gefällig erweisen. Und was ich machen kann, sind Anzüge.«

Der Lehrer blickte sich verwirrt um.

»Das ist mein Handwerk«, sagte mein Vater mit einem Lächeln.

»Ich habe großen Respekt für das Handwerk«, sagte der Lehrer schließlich.

Don Gregorio trug diesen Anzug ein Jahr lang. Er trug ihn auch an dem Tag im Juli 1936, als er mir auf der Alameda begegnete, auf dem Weg zum Rathaus.

»Na, Sperling? Mal sehen, ob wir in diesem Jahr endlich die Zunge der Schmetterlinge sehen können.«

Etwas Merkwürdiges ging vor. Alle schienen es eilig zu haben, aber niemand bewegte sich. Die nach vorn schauten, drehten sich um. Die nach rechts schauten, wandten sich nach links. Cordeiro, der Straßenfeger, saß auf einer Bank, nah am Musikpavillon. Nie hatte ich Cordeiro auf einer Bank sitzen sehen. Er schaute nach oben, die Hand als Schirm über den Augen. Wenn Cordeiro so schaute und die Vögel verstummten, dann hieß das, daß ein Unwetter aufzog.

Ich hörte das Geknatter eines einsamen Motorrads. Es war ein Gendarm mit einer Fahne, die auf dem Rücksitz befestigt war. Er fuhr vor das Rathaus und betrachtete die Männer, die sich unruhig vor dem Portal unterhielten. Er rief: »Arriba España!« Und dann startete er das Motorrad erneut und hinterließ eine Kielspur von Explosionen.

Die Mütter begannen nach ihren Kindern zu rufen. Zu Hause schien abermals die Großmutter gestorben zu sein. Mein Vater häufte Kippen im Aschenbecher, und meine Mutter weinte und machte sinnlose Sachen, wie den Wasserhahn aufdrehen und die sauberen Teller waschen und die schmutzigen in den Schrank stellen.

Es klopfte, und meine Eltern schauten beunruhigt zur Tür. Es war Amelia, die Nachbarin, die im Haus von Suárez, dem Amerikaheimkehrer, putzte.

»Wißt ihr, was los ist? In Coruña haben die Militärs den Kriegszustand erklärt. Sie schießen auf das Gebäude der Zivilregierung.«

»Heiliger Himmel«, sagte meine Mutter und bekreuzigte sich.

»Und hier«, fuhr Amelia leise fort, als hätten die Wände Ohren, »soll der Bürgermeister den Hauptmann der Gendarmerie gerufen haben, aber der soll gesagt haben, er sei krank.«

Am nächsten Tag ließ man mich nicht auf die Straße. Ich schaute durch das Fenster, und alle, die vorbeigingen, erschienen mir wie geduckte Schatten, so als wäre plötzlich der Winter hereingebrochen und als triebe der Wind die Sperlinge auf der Alameda wie dürres Laub vor sich her.

Truppen kamen aus der Hauptstadt und besetzten das Rathaus. Mama ging aus zur Messe und kehrte blaß und traurig zurück, als wäre sie in einer halben Stunde alt geworden.

»Es passieren schreckliche Dinge, Ramón«, hörte ich sie schluchzend zu meinem Vater sagen. Auch er war gealtert. Noch mehr. Es war, als habe er jeden Willen verloren. Er hatte sich in einen Sessel sinken lassen und rührte sich nicht. Er sprach nicht. Er wollte nicht essen.

»Wir müssen die Sachen verbrennen, die dich in Gefahr bringen, Ramón. Die Zeitungen, die Bücher. Alles.«

Es war meine Mutter, die in diesen Tagen die Initiative ergriff. Eines Morgens brachte sie meinen Vater dazu, sich gut zu kleiden, und nahm ihn mit in die Messe. Als sie zurückkamen, sagte sie zu mir: »Komm, Moncho, du gehst mit uns auf die Alameda.« Sie brachte mir meinen Sonntagsanzug, und während sie mir half, die Krawatte zu binden, sagte sie sehr ernst zu mir: »Denk daran, Moncho. Papa war kein Republikaner. Papa war kein Freund des Bürgermeisters. Papa hat nicht schlecht über die Geistlichen geredet. Und noch etwas ganz Wichtiges, Moncho. Papa hat dem Lehrer keinen Anzug geschenkt.«

»Klar hat er ihm einen geschenkt.«

»Nein, Moncho. Er hat ihm nichts geschenkt. Hörst du? Er hat ihm nichts geschenkt!«

»Nein, Mama, er hat ihm nichts geschenkt.«

Viele Leute waren auf der Alameda, alle in Sonntagskleidung. Auch einige Gruppen aus den Dörfern waren heruntergekommen, Frauen, ganz in Schwarz, alte Bauern mit Weste und Hut, verängstigte Kinder. Ihnen gingen ein paar Männer im Blauhemd und mit Pistole am Gürtel voraus. Zwei Reihen Soldaten bildeten einen Durchgang von der Treppe des Rathauses bis zu einigen Lastwagen mit planebedeckten Anhängern, wie sie an Markttagen für den Viehtransport benutzt wurden. Aber auf der Alameda herrschte nicht das laute Gedränge des Marktes, sondern ein ernstes Schweigen, wie in der Karwoche. Die Leute grüßten sich nicht. Sie schienen einander nicht einmal zu kennen. Alle Aufmerksamkeit war auf die Fassade des Rathauses gerichtet.

Ein Gendarm öffnete halb die Tür und ließ den Blick über die Menge wandern. Dann öffnete er sie ganz und machte eine Bewegung mit dem Arm. Aus dem dunklen Eingang des Gebäudes, von weiteren Gendarmen eskortiert, traten die Verhafteten in stummem Gefolge, an Händen und Füßen gefesselt. Von einigen wußte ich die Namen nicht, aber ich kannte alle Gesichter. Den Bürgermeister, die von den Gewerkschaften, den Bibliothekar des Bildungsvereins Arbeiterwohl, Charli, den Sänger des Orchesters Sonne und Leben, den Steinmetz, den alle Herkules nannten, Dombodáns Vater … Und am Ende der Reihe, krumm und häßlich wie ein Frosch, ging der Lehrer.

Es waren Befehle und einzelne Rufe zu hören, die laut wie Feuerwerkskörper auf der Alameda hallten. Nach und nach stieg aus der Menge ein Gemurmel auf, aus dem bald ein Chor von Beschimpfungen wurde.

»Verräter! Verbrecher! Rote!«

»Du mußt auch rufen, Ramón, bei allem, was dir

lieb ist, mach schon!« Meine Mutter hielt Papa am Arm gefaßt, als stützte sie ihn mit ganzer Kraft, damit er nicht umfiele. »Sie sollen sehen, daß du rufst, Ramón, sie sollen sehen, daß du rufst!«

Und dann hörte ich, wie mein Vater mit dünner Stimme »Verräter« sagte. Und danach, immer lauter, »Verbrecher! Rote!« Er löste sich vom Arm meiner Mutter und trat näher an die Reihe der Soldaten, auf den Lehrer zu, mit wütendem Gesicht. »Mörder! Anarchist! Kinderfresser!«

Jetzt versuchte Mama, ihn zurückzuhalten, und zog ihn verstohlen am Jackett. Doch er war außer sich. »Dreckskerl, Hurensohn!« Nie hatte ich ihn so zu jemandem reden hören, nicht einmal zum Schiedsrichter beim Fußball. »Seine Mutter hat keine Schuld, hörst du, Moncho? Vergiß das nicht.« Aber jetzt wandte er sich zu mir um wie ein Wahnsinniger und drängte mich mit dem Blick, die Augen blutunterlaufen und voller Tränen. »Los, schrei ihn an, Monchiño, schrei ihn an!«

Als die mit Gefangenen beladenen Lastwagen anfuhren, war ich einer der Jungen, die hinter ihnen herliefen und mit Steinen warfen. Ich suchte verzweifelt nach dem Gesicht des Lehrers, um ihn als Verräter und Verbrecher zu beschimpfen. Aber der Konvoi war schnell eine Staubwolke in der Ferne, und ich stand mitten auf der Alameda, mit geballten Fäusten, und war nur imstande, voll Wut zu murmeln: »Frosch! Laubenvogel! Iris!«

Ein Saxophon im Nebel

I

Ein Mann brauchte dringend Geld, um sich eine Fahrkarte nach Amerika zu kaufen. Dieser Mann war ein Freund meines Vaters und hatte ein Saxophon. Mein Vater war Tischler und machte Karren des Landes mit Rädern aus Eiche und Achsen aus Erlenholz. Während der Arbeit pfiff er. Er plusterte die Wangen auf, wie ein Rotkehlchen seine Brust, und es klang sehr gut, nach Flöte und Geige, begleitet vom edlen Schlagzeug der Werkzeuge auf dem Holz. Mein Vater machte einen Karren für einen reichen Bauern, den Neffen eines Geistlichen, und dann lieh er das Geld dem Freund, der nach Amerika gehen wollte. Dieser Freund hatte vor langer Zeit Saxophon gespielt, als es noch eine Arbeitergewerkschaft gab und diese Gewerkschaft über eine Musikkapelle verfügte. Und er schenkte es meinem Vater an dem Tag, da er sich nach Amerika einschiffte. Und mein Vater legte es mir sehr vorsichtig in die Hände, als wäre es aus Glas.

»Mal sehen, ob du eines Tages *Francisco alegre, corazón mío* spielen kannst.«

Er mochte diesen Pasodoble sehr.

Ich war fünfzehn Jahre alt und arbeitete als Maurergehilfe auf der Baustelle des Zollgebäudes, im Hafen von Coruña. Mein Werkzeug war ein Wasserkrug. Das Wasser des Santa-Margarida-Brunnens wurde von den Männern besonders geschätzt. Ich ließ mir viel Zeit, wenn ich es holen ging, und schaute mir die Schaufenster der Geschäfte und der Schokoladenfabrik Exprés auf der Plaza de Lugo an. Es gab auch einen Glaserker mit drei Käfigen voller bunter Vögel und einen Blinden, der Lotterielose verkaufte und den Milchmädchen Komplimente hinterherrief. Manchmal mußte ich am Brunnen Schlange stehen, weil andere Jungen mit anderen Wasserkrügen von anderen Baustellen da waren. Nie redeten wir ein Wort miteinander. Auf dem Rückweg zur Baustelle lief ich rasch. Die Arbeiter tranken das Wasser, und ich ging wieder zum Brunnen und betrachtete das Schaufenster der Schokoladenfabrik Exprés und den Glaserker mit den drei Vogelkäfigen und blieb vor dem Blinden stehen, der jetzt den Fischverkäuferinnen Komplimente machte.

Wenn ich den letzten Gang des Tages hinter mir hatte und den Wasserkrug absetzte, griff ich nach dem Saxophonkoffer.

Zwei Stunden lang, am Abend, ging ich zum Musikunterricht zu Don Luís Braxe, in der Rúa de Santo Andrés. Der Meister war Pianist, er spielte in einem Nachtlokal mit Varieté-Einlagen und verdiente sich seinen Lebensunterhalt auch auf diese Weise, mit Schülern. Wir hatten eine Stunde Notenkunde und eine weitere mit dem Instrument. Beim ersten Mal sagte er zu mir: »Halt es so, fest und zart, als wäre es ein Mädchen.« Ich weiß nicht, ob er es mit Absicht getan hatte, aber das war die wichtigste Lektion meines Lebens. Die Musik hatte das Gesicht einer Frau, die man umwarb. Ich schloß die Augen, um sie mir vorzustellen, um ihrem Haar und ihren Augen eine Farbe zu geben, aber ich wußte, daß dieses Mädchen nie existieren würde, solange aus meinem Saxophon nur

Eselsgeschrei kam. Tagsüber, beim Hin und Her zum Brunnen und zurück, lief ich wie verzaubert mit meinem Wasserkrug, übte mit leiser Stimme Tonleitern und hatte nur Augen für die Frauen, die vorübergingen. Wie der Blinde mit der Lotterie.

Ich hatte ein gutes Jahr Musikstunden bei Don Luís, als mir etwas Außergewöhnliches passierte. Nach dem Unterricht blieb ich vor dem Schaufenster des Schuhgeschäfts Faustino, auf der Hauptstraße, stehen. Ich stand da, mit meinem Koffer, und schaute diese Schuhe an wie jemand, der einen Film mit Fred Astaire sieht, als ein sehr großer, kahler Mann mit einer Stirn, riesig wie ein Türsturz, zu mir trat.

»Was hast du da, Junge?« fragte er unvermittelt.

»Wer, ich?«

»Ja, du. Das ist ein Instrument, nicht?«

Breit und groß, wie er war, hielt er den Kopf geduckt und ließ die langen Arme hängen, als sei er es leid, die Weltkugel zu ziehen.

»Ein Saxophon.«

»Ein Saxophon? Ich dachte mir schon, daß es ein Saxophon sein muß. Kannst du spielen?«

Ich erinnerte mich an den geduldigen Blick des Meisters. Gut so, gut so. Aber es gab Momente, in denen Don Luís sich nicht verstellen konnte und Verdruß in seine Augen trat, als hätte ich tatsächlich eine wertvolle Figur aus Glas zu Boden fallen lassen.

»Ja, natürlich kannst du«, sagte jetzt dieser Unbekannte, der mich nie hatte spielen hören. »Sicher kannst du.«

So kam ich zum Blauen Orchester. Dieser Mann hieß Macías und war der Schlagzeuger und ein bißchen der Chef. Er brauchte ein Saxophon für das Wochenende, und jetzt hatte er es. Für meine Eltern gab es keinen Zweifel. Man muß auf den Zug springen, wenn er an einem vorbeifährt.

»Kannst du *Francisco alegre* spielen? Das kannst du doch, nicht? Also gut.«

Er hatte mir eine Adresse gegeben, wo ich mich zur Probe einfinden sollte. Als ich eintraf, wußte ich, daß es kein Zurück mehr gab. Das Lokal war der erste Stock der Schokoladenfabrik Exprés. Tatsächlich hatte das Blaue Orchester einen einträglichen Werbevertrag.

Schokolade von Exprés
Ach, wie gerne ich sie ess'!

Wir mußten diesen Vers drei- oder viermal bei jedem Auftritt im Chor sprechen. Dafür gab die Fabrik jedem eine Tafel Schokolade. Ich spreche vom Jahr 49, damit wir uns verstehen. Zeiten fader Gerüche, mit Brühe, Schmutz, schwarzem Brot. Wenn man mit Schokolade nach Hause kam, leuchteten die Augen der kleinen Geschwister wie Kerzen vor einem Heiligenbild. Ja, wie gern aß man Schokolade von Exprés.

Von jenseits der Meere,
die Dämmrung im Rücken
das Blaue Orchester,
das Blaue Orchester!

In Wirklichkeit war das Blaue Orchester nicht über den Felsen der Marola hinausgekommen. Einmal hatte es allerdings in Ponferrada gespielt. Aber es war eben damals elegant, sich so zu präsentieren. Amerika war ein Traum, auch für die galicischen Orchester. Der Legende zufolge konnte man, wenn man einen Vertrag für Montevideo und Buenos Aires bekam, mit einem Hut und mit diesem gesunden Glanz im Gesicht zurückkommen, den ihm eine volle Brieftasche verleiht. Mit meinem Wasserkrug würde ich Tage und Nächte brauchen, um eine Avenida in Buenos Aires abzulaufen, und im Wasser würden Frösche wachsen. Das sagte mir einer von der Baustelle. Viele Orchester hatten amerikanische Namen. Es gab das Orchester Acapulco, das aus den Bergen stammte, und sich folgendermaßen vorstellte:

> *Tintintín, tirititín …*
> *Wir wenden uns in spanischer Sprache an das verehrte Publikum, da wir unser Galicisch seit unserer letzten Tournee durch Südamerika vergessen haben.*
> *Maníiiii!*
> *Für einen Augenblick voll Spaß,*
> *das Tütchen Erdnüsse vom Faß …*

Es gab auch Orchester in Mariachi-Tracht. Alles Mexikanische war in Galicien immer sehr beliebt. In jedem Lied kamen ein Pferd, ein Revolver und eine Frau mit blumigem Namen vor. Was braucht ein Mann mehr, um sich als König zufühlen?

Das Blaue Orchester spielte auch Corridos. Insgesamt war das Repertoire war sehr vielfältig: Boleros, Cumbias, Pasodobles, Couplets, Polkas, Walzer, galicische Jotas, alles mögliche. Eine seriöse Angelegenheit. Acht Männer auf der Bühne, in schwarzer Hose und wasserblauem Hemd mit weißem Spitzenbesatz und Ärmeln mit Volants.

Macías arbeitete während der Woche bei der Post. Ich stellte mir vor, wie er Briefmarken und Stempel aufdrückte, als schlüge er Becken und Trommeln. Der Sänger hieß Juan María. Er war Barbier. Ein gutaussehender Mann. Viele Mädchen himmelten ihn an.

»Tanzt du mit mir, Juan María?«

»Scher dich, du Mannweib!«

Und dann war da noch Couto, der Kontrabaß, der in einer Gießerei arbeitete. Diesem Couto, der ein wenig unter Verdauungsproblemen litt, hatte der Arzt verordnet, nur Brei zu essen. Er ernährte sich sieben Jahre hintereinander nur von Maismehl und Milch. Eines Tages, zur Karnevalszeit, kam er nach Hause und sagte zu seiner Frau: »Mach mir einen Eintopf mit Salzschinken, Paprikawurst und allem Drum und Dran. Wenn ich so nicht sterbe, sterbe ich vor Hunger.« Und es bekam ihm wunderbar.

Der Akkordeonspieler Ramiro reparierte Radios. Ein Mann mit äußerst feinem Gehör. Er kam zur Probe, stellte ein neues Stück vor und sagte dann: »Das ist mir zugeflogen.« So sagte er immer, das ist mir zugeflogen, und dabei griff er in die Luft, als finge er eine Handvoll Schmetterlinge. Neben seinem eigentlichen Instrument spielte er die Panflöte mit der Nase. Ein Nasenwalzer. Es war eine Extra-Nummer, die das Publikum zum Staunen brachte, wie der kluge Esel der Puppenspieler. Aber mir gefiel eines seiner geheimnisvollen, aus der Luft gegriffenen Lieder, an dessen Anfang ich mich gut erinnern kann:

Rosa Morgenröte in der Dämmerung,
lieblicher Ton der seufzenden Geige,
schlaflose Nächte wacher Liebe,
wie in einem Roman.

Und dann waren da noch der Trompeter Comesaña, der Posaunist Paco und mein Kollege am Tenorsaxophon, Don Juan. Ein älterer, sehr eleganter Mann, der mir mit der Hand über den Kopf strich, als man mich ihm vorstellte, als gäbe er mir seinen Segen.

Ich dankte es ihm. Bald würde mein Debüt stattfinden. In Santa Marta de Lombás, wie Macías mir mitteilte.

»Ja, Junge«, nickte Juan María. »Santa Marta de Lombás, mein Lieber, du gehst hin und kommst nicht wieder!«

2

Am Sonntag, in aller Frühe, nahmen wir den Zug nach Lugo. Ich war eher betäubt als nervös, so als wäre ich noch nicht aufgewacht und der Zug ein fliegendes Bett. Alle behandelten mich wie einen Mann, wie einen Kollegen, aber ich hatte das Gefühl, als sei ich in der Nacht geschrumpft und innerlich kleiner geworden, selbst die Stimme war fadendünn, während sich außen alles vergrößerte. Zum Beispiel die Hände von Macías, riesig und schwer wie Schaufeln. Ich schaute meine an, und was ich sah, waren die Hände meiner kleinen Schwester, die einen Maiskolben wie ein Baby wickelte. Gott! Wie sollte ich das Saxophon halten können? Vielleicht lag alles an diesem geliehenen Anzug, der mir zu weit war. Ich verlor mich in ihm wie eine Schnecke, die sich zusammenzieht.

Wir stiegen in Aranga aus. Es war ein Sommertag, sehr sonnig. Der Delegierte der Festkommission aus Santa Marta de Lombás erwartete uns schon. Er stellte sich als Boal vor. Er war ein sehr kräftiger Mann, mit dunklem Blick und großem Schnurrbart. Er hielt zwei Maulesel an den Zügeln, auf die er die Instrumente und den Schrankkoffer mit den Anzügen lud. Eines der Tiere scheute, erschrocken durch das Geschepper des Schlagzeugs. Boal hielt ihm drohend die Faust vor die Augen.

»Ich schlag dir den Schädel ein, Carolina! Du weißt, daß ich das tue!«

Alle schauten wir auf die Faust von Boal. Ein riesiger behaarter Hammer, der in der Luft schwebte. Schließlich senkte das Tier zahm den Kopf.

Wir nahmen einen kühlen Weg, der nach Kirschen roch, begleitet vom lauten Fest der Vögel. Aber dann gelangten wir zu einer staubigen Piste, die durch Heidekraut und Ginsterbüsche führte. Da war nichts mehr zwischen unseren Köpfen und dem Feuer der Sonne. Nichts, außer den Raubvögeln. Das angeregte Geplauder meiner Gefährten verwandelte sich zunehmend in wütendes Schnauben, gefolgt von dumpfen Flüchen, vor allem, wenn sie mit ihren staubbedeckten Lackschuhen über die Steine stolperten. An der Spitze, kräftig und mit Hut, schien Boal Männer und Maulesel zugleich hinter sich herzuziehen.

Der erste, der einen Stein warf, war Juan María.

»Habt ihr gesehen? Eine Eidechse, eine Rieseneidechse!«

Bald warfen alle mit Steinen nach den Umzäunungen, den Felsen oder Lichtmasten, als würden uns

Hunderte von Eidechsen umzingeln. Vor uns hielt Boal unerbittlich das Tempo. Ab und zu wandte er sich zu den schweißnassen Gesichtern um und sagte mit einem ironischen Lächeln: »Es ist nicht mehr weit.«

»Scheißviecher!«

Als die Bremsen zu stechen begannen, explodierten die Flüche wie Feuerwerkskörper. Das Blaue Orchester, von den Flammen der Sonne gebraten, hielt die Krawatten in der Hand und wedelte mit ihnen herum wie die Tiere mit dem Schwanz, um die Insekten zu verscheuchen. Der Schrankkoffer, den eines der Maultiere trug, nahm sich jetzt wie der Sarg eines Verstorbenen aus. Am glühenden Himmel kreiste ein Milan.

Santa Marta de Lombás, mein Lieber, du gehst hin und kommst nicht wieder!

Kaum war der Glockenturm der Gemeinde zu sehen, nahm das Blaue Orchester wieder Haltung an. Die Männer banden sich die Krawatten um, strichen die Anzüge glatt, kämmten das Haar und säuberten und polierten die Schuhe, indem sie sie gekonnt an der Wölbung des Beins rieben. Ich machte ihnen alles nach.

Es erklangen die Festtrommeln für uns.

Die vom Orchester sind da!

Wenn es etwas gibt, das man beim ersten Mal genießt, ist es die Eitelkeit des Ruhms, so klein und unbegründet er auch sein mag. Die Kinder, die wie die Schmetterlinge um uns herumflatterten. Die Frauen mit einem Geranienlächeln im Fenster. Die Alten, die wie die Kuckucksvögel einer Uhr aus der Tür traten.

Das Orchester! Die vom Orchester sind da!

Wir grüßten wie Helden, als würden wir die Toten

zu neuem Leben erwecken. Ich wurde größer. Meine Brust füllte sich mit Luft. Und ich begriff plötzlich. Wir waren etwas wirklich Wichtiges, der Mittelpunkt der Welt. Und dann schrumpfte ich abermals zusammen wie eine Schnecke. Meine Beine zitterten. Der Saxophonkoffer wog schwer, als hätte ich ihn einem Bettler gestohlen. Ich fühlte mich wie ein Hochstapler.

Wir machten an der Kreuzung halt, und Macías legte mir seinen eisernen Arm auf die Schulter.

»Jetzt gehen wir zu den Häusern, in denen wir untergebracht sind, Junge. Hab keine Scheu. Wenn du Hunger hast, dann bittest du um Essen. Und das Bett soll gut sein. So ist es abgemacht.«

Und dann sagte er sentenziös zu Boal: »Daß man mir den Jungen gut behandelt.«

»Dafür ist gesorgt«, antwortete der Mann und lächelte zum ersten Mal. »Er wird bei Boal schlafen. Bei mir.«

Im Erdgeschoß seines Hauses befanden sich auch die Ställe, die von der Küche durch Steintröge abgetrennt waren, so daß ich als erstes die Köpfe der Kühe sah. Beim Fressen leckten sie das Heu, als wäre es Zuckerwatte. Der Boden der Küche war mit Stroh bestreut. Vom Herd stieg Rauch auf, der leicht in die Augen stach und alles in ein ungewisses Licht hüllte. Am Ende des endlos langen Tisches saß ein Mädchen und nähte. Sie sah nicht einmal dann von der Arbeit auf, als der Mann den Saxophonkoffer neben ihr abstellte.

»Kaffee, Mädchen!«

Sie stand auf, ohne uns anzusehen, und nahm einen Topf aus dem Spülstein. Dann stellte sie ihn auf den Dreifuß, neigte sich hinunter, blies langsam, mit der

Weisheit einer alten Frau, und fachte das Feuer erneut an. In diesem Augenblick bemerkte ich erstaunt, wie sich etwas auf dem Boden bewegte, nah an meinen Füßen. Es waren Kaninchen, die am Stroh nagten, die Ohren steif wie Eukalyptusblätter. Der Mann mußte meine Verwirrung bemerkt haben.

»Sie machen guten Dung. Und guten Braten.«

Boal zeigte mir stolz das Vieh des Hauses. Es gab sechs Kühe, ein Paar Ochsen, ein Pferd, die beiden Maultiere, die unser Gepäck transportiert hatten, Schweine und x Hühner. So sagte er: x Hühner. Das Pferd, erklärte er mir, konnte addieren und substrahieren. Er fragte, was zwei und zwei seien, und es stampfte mit dem Huf viermal auf den Boden.

»Hier wirst du keinen Hunger leiden, Junge. Auf, Mädchen, bring die Kekse. Und den Käse. Mmm. Sag nicht, daß du nicht willst. Im Haus von Boal sagt niemand nein.«

Später dann, mit der Eßschüssel in der Hand, konnte ich sie zum ersten Mal deutlich sehen. Sie schaute nach unten, als hätte sie Angst vor uns. Sie war klein, aber ihr Körper war der einer Frau. Die Arme mit aufgekrempelten Ärmeln und kräftig, wie die einer Wäscherin. Das Haar zu einem Zopf geflochten. Schlitzaugen. Ich streckte die Hand aus, um nach etwas zu greifen. Was passierte mit mir? Heiliger Himmel! Was machst du hier, Chinita? Es war, als sei sie schon immer in meinem Kopf gewesen. Das chinesische Mädchen aus der Enzyklopädie für Schüler. Ich betrachtete sie immer verzaubert, während der Lehrer von den Flüssen sprach, die nach Farben hießen. Der Blaue, der Rote, der Gelbe. Vielleicht war China hier, kurz hinter Santa Marta de Lombás.

»Sie spricht nicht«, sagte Boal laut. »Aber sie hört. Hören tut sie. Auf, Mädchen, zeig dem Musiker das Schlafzimmer.«

Ich folgte ihr die Treppe zum Oberstock hinauf. Sie hielt den Kopf weiter gesenkt, auch als sie die Tür des Zimmers öffnete. In Wahrheit gab es nicht viel zu sehen. Ein Stuhl, ein kleiner Tisch mit Kruzifix und ein Bett mit einer gelben Decke. Auch ein Kalender von einem Eisenwarengeschäft mit einem Herz-Jesu-Bild.

»Gut, sehr gut«, sagte ich. Und betastete das Bett, um ein wenig Interesse zu zeigen. Die Matratze war hart, mit Maisblättern gefüllt.

Ich drehte mich um. Sie stand im Gegenlicht, und ich blinzelte. Ich glaube, sie lächelte. Gut, sehr gut, wiederholte ich, während ich ihren Blick suchte. Aber sie hatte die Augen wieder auf irgendeine Stelle im Nirgendwo gerichtet.

Das Blaue Orchester, in Anzug und Krawatte, hatte sich auf dem Vorhof der Kirche versammelt. Wir mußten die Nationalhymne beim Hochamt spielen, in dem Augenblick, da der Pfarrer das Allerheiligste erhob. Nervös, wie ich war, änderte sich ständig meine Größe. Im Chor dann, schwitzend im Gedränge, fühlte ich mich wie ein kraftloser, unsicherer Sperling auf einem Zweig. Das Saxophon war riesig. Nein, ich würde es nicht halten können. Und es glitt mir schon aus den Händen, als ich einen rettenden Hauch am Ohr fühlte. Es war Macías, der flüsterte.

»Blas nicht, Junge. Tu, als würdest du spielen, und basta.«

Und das tat ich auch beim Vormittagsauftritt, auf

der Bühne des Kirmesplatzes. Es war ein kleiner Tanz, zur Eröffnung, bevor die Leute zum Essen nach Hause gingen. Wenn ich den Ton verlor, hörte ich zu blasen auf. Aber ich behielt das Hin und Her bei, von einer Seite zur anderen, diese Schwenkbewegung, der Macías so große Wichtigkeit beimaß.

»Man muß es schön machen«, sagte er.

Was waren sie doch für Typen, die vom Blauen Orchester! Insgeheim befürchtete ich, daß man uns gleich auf der ersten Bühne, die ich mit ihnen bestiegen hatte, mit Steinen bewerfen würde. Sie waren so großzügig in ihrer Unzulänglichkeit! Aber bald überraschten mich diese Männer, die vierzehn Duros bekamen, um am Ende der Welt zu spielen. »Auf, auf!« drängte Macías. Und das Hin und Her belebte sich, und sie gerieten alle in den Sog eines Rhythmus, der nicht aus ihren Instrumenten zu kommen schien, sondern aus der zupackenden Kraft von Tagelöhnern.

Ich werd dich sehen, dich sehen,
dich sehen,
auch wenn du dich versteckst
und meine Blicke fliehst.

Ich versuchte, mit ihnen mitzuhalten, zumindest bei der Schwenkbewegung. Zuweilen war mir, als flatterte eine Seele hilfreich über mir, und ich überraschte mich selbst mit einem guten Ton, doch die Seele des Orchesters entfloh gleich wieder, aufgeschreckt wie ein Rotkehlchen von Eselsgeschrei.

Ich ging zum Essen zu Boal und zu dem kleinen Mädchen mit den chinesischen Augen.

Natürlich würde ich keinen Hunger leiden.

Boal schärfte das Messer am Hemdsärmel, so wie die Barbiere ihr Rasiermesser am Leder schärfen, und teilte dann mit einem Schnitt das Ferkel in der Schüssel in zwei Teile. Mich erschreckte diese brutale Symmetrie, vor allem, als ich merkte, daß eine der Hälften, mit ihrem Ohr und ihrem Auge, für mich war.

»Danke, aber das ist zu viel.«

»Ein Mann ist ein Mann und kein Huhn«, erklärte Boal entschieden, ohne Einspruch zu gestatten, so als faßte er die Geschichte der Menschheit zusammen.

»Und sie?« fragte ich auf der Suche nach einem Verbündeten.

»Wer?« fragte er ehrlich überrascht, während er sich umschaute, den Schwanz des Ferkels in der Hand. Bis er das Mädchen bemerkte, das im Licht des Spülsteinfensters saß. »Bah! Sie hat schon gegessen. So wie ein Vögelchen.«

Einige Minuten lang kaute er gierig, als schien er keinen Zweifel daran lassen zu wollen, was man mit diesem Schwein tun mußte.

»Jetzt wirst du was Seltsames sehen«, sagte er unvermittelt, nachdem er den Mund mit dem so nützlichen Ärmel abgewischt hatte. »Komm her, Mädchen!«

Die Kleine kam folgsam zu ihm. Er umschloß ihren Unterarm mit seiner Hand wie mit einem Fangeisen. Ich fürchtete, ihr Arm würde zerbrechen wie der Flügel eines Vogels in den Händen eines Schlachters. »Dreh dich um«, sagte er, während er sie drehte, so daß sie mir den Rücken zuwandte. Sie trug eine weiße Bluse und einen mit roten Dahlien bedruckten Rock.

Der lange Zopf fiel ihr bis auf die Hinterbacken herab und wurde am Ende von einer Schmetterlingsschleife zusammengehalten. Boal begann die Bluse aufzuknöpfen. Perplex verfolgte ich die Szene, ohne etwas zu begreifen, während der Mann ungeschickt mit den Knöpfen kämpfte, die seinen runzligen Händen immer wieder wie Quecksilberkügelchen entglitten.

Schließlich öffnete er die Bluse über dem Rücken.

»Sieh dir das an, Junge!« sagte Boal erwartungsvoll.

Ich war wie verhext durch die Schmetterlingsschleife und das Pendel des Zopfes.

»Schau her!« wiederholte er, während er mit dem Zeigefinger eine rosafarbene Blume auf der Haut berührte.

Narben. Es waren mindestens sechs solcher Flecken zu sehen.

»Weißt du, was das ist?« fragte Boal.

Ich empfand Scham für sie und eine Feigheit, die mir die Kehle zusammenschnürte. Ich wäre gern eines dieser Kaninchen gewesen, deren Ohren spitz waren wie Eukalyptusblätter.

Ich schüttelte den Kopf.

»Der Wolf!« rief Boal aus. »Hast du nie was von dem Wolfsmädchen gehört? Nein? Na, hier ist es. Das Wolfsmädchen.«

Plötzlich wurde diese seltsame, unangenehme Situation Teil der natürlichen Ordnung der Geschichten. Ich stand auf und näherte mich ohne Bedenken, um die Narben auf dem nackten Rücken genau zu betrachten.

»Man sieht noch die Spuren der Zähne«, sagte Boal, als würde er sich an ihrer Statt erinnern.

»Wie kam das?« fragte ich schließlich.

»Auf, zieh dich an«, sagte er zu dem Mädchen. Und forderte mich mit einer Geste auf, mich wieder hinzusetzen. »Sie war vier Jahre alt. Ich hütete das Vieh und nahm sie mit. Es war ein schlimmer Winter. Jawohl, ein wirklich harter Winter! Und die ausgehungerten Wölfe spielten mir einen üblen Streich. Einen verdammt üblen Streich.«

Abgesehen von dem, was mit dem Mädchen passiert war, fühlte Boal sich anscheinend persönlich beleidigt durch die Wölfe.

»Es war eine Verschwörung. Wir waren auf einer Wiese, die an den Wald grenzte. Eines der Scheißviecher ließ sich auf der Lichtung blicken und floh dann ins Unterholz. Die Hunde rannten wütend hinter ihm her. Und ich hinter den Hunden. Sie habe ich dort zurückgelassen, sie saß auf einem Sack. Es war eine Sache von Minuten. Als ich zurückkam, war sie nicht mehr da. Was haben sie mir für einen üblen Streich gespielt, diese Scheißviecher!«

Dieser Mann war Herr einer Geschichte. Das einzige, was ich tun konnte, war, darauf zu warten, daß er sie so rasch wie möglich auspackte.

»Keiner versteht, was passiert ist ... Sie hat überlebt, weil er sie nicht töten wollte. Das ist die einzige Erklärung. Der sie in die Fänge bekommen hat, wollte sie nicht töten. Er hat sie nur am Rücken gebissen. Er hätte es am Hals tun können – und Lebwohl, aber nein. Die Alten sagten, daß es Bisse waren, damit sie nicht weinte, damit sie nicht auf sich aufmerksam machte. Weiß Gott, sie hat sich dran gehalten. Sie verlor die Sprache. Sie hat nie wieder gesprochen. Wir fanden sie in einem Fuchsbau. Es war ein Wunder.«

»Und wie heißt sie?«

»Wer?«

»Sie, Ihre Tochter.«

»Sie ist nicht meine Tochter«, sagte Boal sehr ernst. »Sie ist meine Frau.«

3

»Sie klammert sich an die Dinge. Wie verhext. Etwas erregt ihre Aufmerksamkeit und läßt sie nicht mehr los.«

Ich spürte die Hitze auf den Wangen. Ich fühlte, wie ich feuerrot wurde. Sie, meine scheue Chinesin, wandte nicht den Blick von mir. Ich war aus dem Zimmer heruntergekommen, fertig für das Fest, in meinem Hemd mit dem Spitzenbesatz.

»Es ist wegen des Anzugs«, sagte Boal leicht verächtlich. Und dann wandte er sich laut an sie: »Dummerchen!«

Diese grünlich schimmernden Augen sollten mich zu meinem Glück den ganzen Abend verfolgen, wie zwei Leuchtkäfer. Denn auch ich war verhext.

Das Fest fand auf dem Kirmesplatz statt, der mit einigen Papiergirlanden geschmückt war, die sich von Ast zu Ast zwischen den Eichen wanden. Als es dunkel wurde, beleuchteten den Ball nur ein paar Lampen, die zu beiden Seiten der Bühne und am Getränkekiosk hingen. Zudem war die Nacht mit einem Tüll aus Bergnebel niedergesunken, der die Bäume in Unterröcke und Schleier hüllte. Mit der Zeit wurde er dichter, und alles versank in einem gespenstischen Dunst, aus dem nur die fröhlichsten Paare auftauchten, die sich Arm in Arm mit der Musik drehten und sogleich wieder von diesem Himmel verschluckt wurden, der sich über dem Boden ausgebreitet hatte.

Sie dagegen war die ganze Zeit zu sehen. An einen Baumstamm gelehnt, die Arme verschränkt, über den Schultern ein Wolltuch, wandte sie den Blick nicht von mir. Dann und wann tauchte Boal aus dem Nebel auf wie ein besorgter Viehhirte. Er warf einen warnenden Blick in die Runde, einen Blick aus Messer und Schnaps. Aber mir war das egal.

Es war mir egal, weil ich mit ihr floh. Wir ritten allein auf dem Rücken des Pferdes, das addieren konnte, durch die Wälder von Santa Marta de Lombás, mein Lieber, du gehst hin und kommst nicht wieder. Und wir gelangten nach Coruña, zum Zollamt, und mein Vater erwartete uns mit zwei Fahrkarten für das Schiff nach Amerika, und auf der Mole klatschten alle Maurer, und einer von ihnen reichte uns den Wasserkrug, damit wir einen Schluck trinken konnten, und gab auch dem Pferd, das addieren konnte, zu trinken.

Macías' Stimme, dicht an meinem Ohr, ließ mich die Augen öffnen.

»Du spielst sagenhaft, Junge! Du spielst wie ein Neger, du spielst wie Gott!«

Mir wurde klar, daß ich spielte, ohne mir zu überlegen, ob ich es konnte oder nicht. Man brauchte nichts weiter zu tun, als sich treiben zu lassen. Die Finger bewegten sich von allein, und die Luft kam ohne Erstickungsgefühl aus der Brust, von einem besonderen Blasebalg getrieben. Das Saxophon wog nicht schwer in meinen Händen, es war leicht wie eine Panflöte. Ich wußte, daß Leute da waren, viele Leute, um zu tanzen und im Nebel zu flirten. Ich spielte für sie. Ich sah sie nicht. Ich sah nur das Mädchen, immer näher.

Sie, die kleine Chinesin, die mit mir floh, während Boal, als der Nebel sich verzog, auf dem Kirmesplatz kniend in der Nacht heulte, ihr Tuch in den Klauen.

Carmiña

Du bist also nie in Sarandón gewesen? Recht so. Warum solltest du? Ödes Heideland, vom Wind mit dem Messer geschnitten.

O'Lis aus Sésamo kam nur Sonntag morgens in die Bar. Er betrat sie gewöhnlich, wenn die Glocke zur Elf-Uhr-Messe läutete, und die tiefen Spuren seiner groben Schuhe waren die ersten, die sich auf dem Sägemehlboden abzeichneten, wie die Tinte eines Gummistempels auf dem Papier. Er bestellte immer einen süßen Sherry, den ich ihm in einem dünnwandigen Glas servierte. Er hob das Glas in meine Richtung, wobei er mich mit seinen Augen einer Wildkatze anschaute, und flüchtete sich dann an das große Fenster. In der Ferne die Mole von Xalo, wie ein riesiger, zu Boden gestreckter Ochse.

Ja, Junge, der Wind, der wie eine Drahtbürste kratzt.

Heidekraut, vier Ziegen, federlose Hühner und ein Haus aus Stein mit einem halb kahlen Feigenbaum. Das war Sarandón.

In diesem Haus lebte Carmiña.

O'Lis aus Sésamo trank einen Schluck, so wie die Geistlichen aus dem Kelch trinken, mit geschlossenen Augen und so; mich wundert das nicht, mit Gott im Gaumen. Er befeuchtete sich die Kehle, und dann schnalzte er mit der Zunge.

Dort lebte Carmiña mit einer Tante, die niemals das Haus verließ. Ein Rätsel. Die Leute behaupteten, sie hätte einen Bart und so Sachen. Ich habe sie nie gesehen, um ehrlich zu sein. Ich ging natürlich wegen Carmiña hin. Carmiña! Hast du Carmiña als junges Mädchen gekannt? Nein. Wie zum Teufel solltest du sie kennen, wenn du noch gar nicht geboren warst! Sie war ein hübsches Mädchen, die Carmiña, mit ordentlich was zum Anfassen. Und willig.

Carmiña aus Sarandón! Um zu ihr zu gelangen, mußte man seinen Hintern durch die Ginsterbüsche schleppen. Und es blies ein kalter Wind, der wie ein scharfes Messer in die Haut schnitt.

Am Himmel über dem Berg Xalo fand jetzt ein Krieg statt. Wilde, dunkle und dichte Wolken waren anderen aus Wolle und Zuckerwatte auf den Fersen. Dort, wo ich stand, hinter der Theke, die Arme mit aufgekrempelten Ärmeln im Spülstein, war mir, als würde die Stimme von O'Lis heiser und als bekäme sein Profil im Gegenlicht die scharfen Linien eines Hermelins oder eines Marders.

Und es gab in Sarandón auch einen Teufel von Hund.

Er hieß Tarzan.

O'Lis aus Sésamo spuckte in das Sägemehl und trat dann auf die Spucke, als wollte er eine Sünde verwischen.

Gott, wie böse war dieser Hund! Nicht einen Tag, nicht zwei Tage. Immer. Du hättest ihn sehen sollen, neben uns, wie er wütend, fast ohne Pause bellte. Aber das war nicht das Schlimmste. Das Schlimmste war, wenn er aufhörte. Man hörte förmlich das Räderwerk des Hasses, wie ein defektes Knirschen beim Aufeinanderpressen der Kiefer. Und dann dieser Groll, dieser Anfall von Wahnsinn in seinem Blick.

Nein, er wich nicht von unserer Seite.

Anfangs habe ich getan, als wäre nichts, und sogar versucht, ihn zu streicheln, aber das Scheißviech wurde noch wütender. Ich ging samstags und sonntags bei Einbruch der Dunkelheit nach Sarandón hinauf. Unmöglich, Carmiña zu bewegen, daß sie herunter ins Dorf kam, zum Tanz. Sie sagte, es sei wegen der Alten, die sich nicht allein helfen konnte und außerdem den Verstand verloren und schon einmal das Bett in Brand gesetzt hatte. Und so mußte es wohl sein, denn Carmiña war dann nicht schüchtern, nein. Während Tarzan wie verrückt bellte, gab sie sich hin. Sie führte mich an der Hand zum Schuppen, drängte sich an mich mit ihren zwei prachtvollen Brüsten und ließ mit viel Vergnügen und vielen Ahs zu, daß ich zu Werke ging.

Carmiña aus Sarandón! Ich war verrückt nach dieser Frau. Sie war scharf. Sie war heiß. Und bestens gelaunt. Carmiñas gute Laune war wirklich bemerkenswert.

Dieser Teufel von Hund! murmelte ich, wenn ich es nicht mehr aushielt und seine Fangzähne hinter mir knirschen hörte.

Ich war ängstlich wie ein Kind. Und das Scheißviech roch das.

Weg, Tarzan! sagte sie lachend, doch ohne ihn fortzuscheuchen. Weg, Tarzaniño! Und dann, wenn der Hund schnaubte wie ein giftiger Blasebalg, drängte Carmiña sich enger an mich, gärte förmlich, und ich hörte Glocken überall an ihrer Haut. Von mir aus hätten die Glockenschläge dieses Herzens im Schuppen widerhallen, vom Wind ins Tal getragen und von allen gehört werden können.

O'Lis aus Sésamo stellte das leere Glas auf die Theke und seine Augen baten um einen weiteren süßen Wein. Er behielt den nächsten Schluck genußvoll in der Mundhöhle und ließ ihn dann los wie eine wehmütige Erinnerung. Sehr nahrhaft, sagte er augenzwinkernd. Gleich würden die Leute aus der Messe kommen und das Lokal mit dampfenden Sonntagsstimmen füllen. Einen Augenblick lang, während ich die Hände wieder unter den Wasserhahn hielt, um die Gläser abzuwaschen, fürchtete ich, O'Lis könnte seine Geschichte erkalten lassen. Zum Glück war da der Berg im Fenster, der seine Erinnerungen herbeirief.

Ich war sehr verliebt, aber eines Tages hielt ich es nicht mehr aus. Ich sagte zu ihr: Schau mal, Carmiña, warum bindest du diesen Hund nicht an? Mir war, als hörte sie mich nicht, als wäre sie in einer anderen Welt. Ihre Sache war das Seufzen. Wer mich hörte, war er, der Hurensohn. Plötzlich bellte er nicht mehr, und ich glaubte, wir könnten uns endlich in aller Ruhe tummeln.

Von wegen!

Ich lag auf ihr, zwischen Heuballen. Bevor mir klar wurde, was geschah, fühlte ich ein eisiges Kitzeln und daß mein Körper mir nicht gehorchte und den Schwung verlor. In diesem Augenblick spürte ich den feuchten Stumpf, die Schnauze, die mein Geschlecht beschnüffelte.

Ich sprang auf und stieß einen Fluch aus. Dann griff ich nach einer Latte und warf sie nach dem Hund, der jaulend floh. Doch am meisten erbitterte mich, daß sie, mit einem Gesicht, als sei sie gerade aus einem Alptraum erwacht, hinter ihm herlief und nach ihm rief: Tarzan, komm, Tarzan! Als sie zurückkam, allein und betrübt, saß ich auf dem Klotz, der zum Holzspalten verwendet wurde, und rauchte eine Zigarette. Ich weiß nicht, warum, aber ich fühlte mich stark und entschlossen wie nie. Ich ging auf sie zu und drückte sie an mich, um sie mit Küssen zu bedecken.

Ich schwöre dir, es war, als hätte ich einen weichen Mehlsack in den Händen. Sie reagierte nicht.

Als ich ging, blieb Carmiña dort oben, aufrecht, stumm, wie betäubt, vom Wind gepeitscht; ich weiß nicht, ob ihr Blick mir folgte.

O'Lis aus Sésamo hatte rote Ohren bekommen. Seine Augen schimmerten grün wie die einer Wildkatze, in einem erdfarbenen, von der Egge zerfurchten Gesicht. Meine Hände brannten unter dem kalten Wasser.

Am Abend, fuhr O'Lis aus Sésamo fort, kehrte ich nach Sarandón zurück. In der Hand hielt ich einen Stachelstock, wie man sie für die Ochsen verwendet. Der Mond trieb zwischen Wolken, und der Wind pfiff wütend. Da war der Hund, an der Pforte der steinernen Umfriedung. Eine Spur von Argwohn lag in seiner Art zu knurren. Gleich darauf bellte er, nicht sehr laut, mißtrauisch, bis ich ihm den Stock vor das Maul hielt. Und dann, als er es weit aufsperrte, um zuzubeißen, rammte ich den Stock hinein wie einen Degen. Bis auf den Grund. Ich spürte, wie der Stachel die Kehle zerfetzte und die weichen Eingeweide durchlöcherte.

Ach, Carmiña! Carmiña aus Sarandón!

O'Lis aus Sésamo spuckte auf den Boden. Danach nahm er den letzten Schluck und behielt ihn eine Weile im Mund. Er stieß einen Seufzer aus und rief: Wie gut schmeckt dieses Scheißzeug!

Er steckte die Hand in die Tasche. Legte die Münzen auf die Theke. Und klopfte mir auf die Schulter. Er ging immer, bevor die ersten Kunden direkt aus der Messe kamen.

Bis Sonntag, Junge!

Im Sägemehl zeichneten sich seine groben Schuhe ab. Die Spuren eines einsamen Tieres.

Liebe, was willst du von mir?

Liebe, zu dir komm ich jetzt zu klagen
Über meine Herrin, die dich zu mir schickt,
Um aus jedem Schlaf mich zu wecken,
Und mich mit großem Kummer beschwert.
Denn sie will mich nicht sprechen noch sehn.
Liebe, was willst du von mir?

Fernando Esquio

Ich träume von der ersten Kirsche des Sommers. Ich gebe sie ihr, und sie steckt sie in den Mund, schaut mich mit ihren warmen, sündigen Augen an, während sie das Fleisch im Mund zergehen läßt. Plötzlich küßt sie mich und gibt mir den Kern mit der Zunge zurück. Und ich bin für alle Zeiten gezeichnet, der Kirschkern gleitet den ganzen Tag über die Klaviatur meiner Zähne wie eine wilde musikalische Note.

Am Abend: »Ich hab etwas für dich, mein Liebling.«

Ich lege ihr den Kern der ersten Kirsche in den Mund.

Aber in Wirklichkeit will sie mich weder sehen noch mit mir sprechen.

Sie küßt und tröstet meine Mutter, und dann geht sie hinaus. Schaut sie euch an, ich seh so gern, wie sie sich bewegt! Es ist, als würde sie immer ihre Skates an den Füßen haben.

Gestern, als die Sirene des Rettungswagens sich den Weg ins Nirgendwo bahnte, träumte ich lächelnd, daß sie zwischen Pflanzen und Porzellan in einem verglasten Salon skatete und schließlich in meinen Armen landete.

Am Morgen, ganz früh, war ich zum Einkaufszentrum gegangen, um sie zu sehen. Ihre Arbeit bestand darin, die Kassiererinnen mit Wechselgeld zu versorgen und Nachrichten in die verschiedenen Abteilungen zu bringen. Ich mußte nur an der Hauptkasse warten. Und da kam sie, skatete anmutig über den gewachsten Boden. Sie bemste mit einer halben Drehung, und das lange braune Haar wehte im Takt des roten Plisseerocks der Uniform.

»Was machst du so früh hier, Tino?«

»Nichts.« Ich spielte den Zerstreuten. »Ich hole Futter für Perla.«

Sie streichelte die Hündin immer. Ich brauche kaum zu sagen, daß ich alles genau geplant hatte. Perlas nächtlicher Spaziergang war streng an Lolas Ankunftszeit gebunden. Es waren die kostbarsten Minuten des Tages, dort, am Eingang des Häuserblocks Tulipáns, im Flores-Viertel, wenn wir beide Perla streichelten. Manchmal blieb sie aus, erschien nicht um halb zehn, und ich zog den Spaziergang mit der Hündin in die Länge, bis Lola in der Nacht auftauchte, mit klappernden Absätzen, Herz, mit klappernden Absätzen. In diesen Momenten wurde ich sehr nervös, sie kam mir wie eine Dame vor, woher mochte sie kommen?, und ich mir wie ein Rotzbengel. Ich ärgerte mich gewaltig über mich selbst. Im Spiegel des Aufzugs sah ich das Bild eines Typen ohne Zukunft, ohne Arbeit, ohne Auto, der auf dem Sofa herumhängt, die ganze vorgefertigte Scheiße aus dem Fernseher schluckt und in den Schubladen nach Münzen wühlt, um Zigaretten zu kaufen. In diesem Augenblick hatte ich das Gefühl, daß es Perla war, die die Leine hielt und mich ausführte. Und wenn Mama fragte, warum ich so lange mit der Hündin brauchte, sagte ich ihr ein paar deutliche Worte. Damit sie kapierte.

Ich war also zum Einkaufszentrum gegangen, um sie zu sehen und Mut zu schöpfen. »Das Hundefutter ist neben den Babywindeln.«

Sie schoß auf ihren Skates davon, und ihre Mähne und ihr Rock flatterten im gleichen Rhythmus. Ich dachte an den Flug dieser Zugvögel, Reiher oder Kraniche, die man in den Dokumentarfilmen nach dem Essen sehen kann. Eines Tages würde sie sicher zurückkehren, um sich auf mir niederzulassen.

Alles war unter Kontrolle. Dombo erwartete mich mit der gestohlenen Karre auf dem Parkplatz des Einkaufszentrums. Er zeigte mir die Waffe. Ich wog sie in der Hand. Es war eine Luftdruckpistole, aber ziemlich beeindruckend. Respekteinflößend. Das würde nach Robocop aussehen oder so. Am Anfang wußten wir nicht, ob wir uns für eine Atrappe entscheiden sollten oder dafür, die Jagdflinte abzusägen, die seinem Vater gehört hatte. »Eine abgesägte macht mehr her«, hatte Dombo gesagt. Ich hatte lange über die Sache nachgedacht. »Das muß alles total cool ablaufen, Dombo, total sauber. Mit der Flinte würden wir wie Durchgeknallte wirken, wie Junkies oder so. Die Leute werden nervös, und wenn die Leute nervös sind, machen sie die merkwürdigsten Sachen. Profis sind allen lieber. Am besten, jeder macht seinen Job. Ohne Spektakel, ohne Schlamperei. Wie Profis. Also nichts von wegen abgesägtem Gewehr. Die Pistole macht am meisten her.« Dombo war auch nicht besonders angetan davon, es ohne Maske zu machen. Ich erklärte es ihm.

»Sie müssen uns ernst nehmen, Dombo. Profis machen sich nicht lächerlich mit Strümpfen überm Kopf.« Es war rührend, wie sehr die lange Latte von Dombo mir immer vertraute. Seine Augen glänzten, wenn ich sprach. Wenn ich mir selbst genauso vertrauen könnte, würde mir die Welt zu Füßen liegen.

Wir ließen den Wagen auf dem Markt von Agra de Orzán stehen und schnappten uns die Sporttaschen. Genau wie wir uns ausgerechnet hatten, war die Rúa Barcelona, eine Fußgängerzone mit vielen Geschäften, am Mittag voller Menschen. Alles würde sehr einfach sein. Die Tür der Bankfiliale öffnete sich für eine alte Frau, und wir traten gleich hinter ihr ein. Ich hatte das Ganze oft geübt. »Herrschaften, bitte keine Aufregung. Das ist ein Überfall.« Ich machte eine ruhige Bewegung mit der Pistole, und die ganze Kundschaft sammelte sich geordnet und schweigend in der angegebenen Ecke. Ein beflissener Typ beharrte darauf, mir seine Brieftasche zu geben, aber ich sagte ihm, wir seien keine Taschendiebe und er solle sie wieder einstecken. »Sie füllen bitte die Taschen«, bat ich einen effizient wirkenden Angestellten. Das tat er in Sekundenschnelle, und Dombo, angesteckt von der zivilisierten Atmosphäre, in der sich alles abspielte, bedankte sich bei ihm. »Und jetzt, damit es keine Probleme gibt, tun Sie uns den Gefallen, sich zehn Minuten lang nicht zu rühren. Sie waren alle sehr freundlich.« Und wir gingen hinaus, als verließen wir eine Wäscherei.

»Stehenbleiben oder ich schieße!«

Jetzt vor allem ganz ruhig bleiben. Ich gehe weiter, als beträfe mich das nicht. Einen, zwei, drei Schritte und dann nichts wie los. Zu viele Leute. Dombo überlegt nicht. Er bahnt sich seinen Weg wie ein Rugbyspieler. Und ich bin in einem anderen Film.

»Stehenbleiben, du Scheißkerl, oder ich schieße!«

Ich nehme die Pistole aus der offenen Tasche, drehe mich bedächtig um und ziele mit der Rechten.

»Was ist? Irgendein Problem?«

Der Typ, der mir vorher seine Brieftasche angeboten hatte. Breitbeinig aufgepflanzt, den Revolver mit beiden Händen gefaßt, zielt er sicher auf mich. Ein Profi. Ein Wachmann in Zivil, garantiert.

»Mach keinen Blödsinn, Junge. Laß dieses Spielzeug los.«

Und ich lächle, sage, denkste. Und werfe ihm die Tasche in die Fresse, das ganze Geld segelt im Zeitlupentempo zu Boden. »Arschloch, Scheißkerl!« Und ich renne los, die Leute weichen erschrocken zur Seite, eine Katastrophe, die Leute weichen zur Seite und lassen einen verdammten Korridor frei, ein Loch, das sich auftut, einen Tunnel vor mir, ein Loch hinter mir. Es brennt. Wie ein Wespenstich.

Die Sirene des Rettungswagens. Ich lächle. Der Krankenwärter, der mich perplex anschaut, weil ich lächle. Lola skatet in einem Salon mit Rosanovas und Azaleen, in einem Salon mit großen Glasfenstern. Sie kommt auf mich zu. Sie umarmt mich. Es ist unser Haus. Und sie will mir diese Überraschung bereiten, auf ihren Skates, mit dem roten Plisseerock, der im Takt mit ihrer Mähne weht, den Kuß mit der Kirsche.

In der Nacht kann ich durch das Glas der Tür das Leuchtband des Bestattungsinstituts lesen. »Im Interesse aller wird darum gebeten, leise zu sprechen.«

Dombo, der treue Riese Dombo, ist da. »Mein aufrichtiges Beigefühl«, sagt er betrübt zu meiner Mutter. Sagt nicht, daß das nicht komisch ist. Könnte von Cantinflas stammen. Zum Totlachen. Und er schaut mich mit Tränen in den Augen an. »Dombo, Blödmann, hau ab, hau bloß ab, kauf dir mit dem Zaster ein Haus mit einem verglasten Salon und einen Trinitronfernseher mit Wahnsinnsbildschirm.« Und Dombo hört nicht auf zu weinen, die Hände in den Hosentaschen. Er wird alles naß machen. Tränen wie Weintrauben.

Und Fa ist da, Señora Josefa, die von der Wohnung gegenüber. Sie wußte immer, was los war. Ihr Blick war ein ständiger Tadel. Aber ich war ihr dankbar. Nie hat sie was gesagt. Weder im Guten noch im Bösen. Ich grüßte, »Guten Tag, Fa«, und sie murrte leise vor sich hin. Sie weiß alles, was in der Welt so ausgeheckt wird. Aber sie sagte nichts. Sie half Mama, das war alles. Sie rauchte abends eine Chester mit ihr, und sie tranken einen Lágrima aus Porto, während ich mit der Fernbedienung herumspielte. Und jetzt ist sie da, stützt Mama. Ab und zu wendet sie sich zu mir um, aber in ihrem Blick liegt kein Vorwurf mehr. Sie bekreuzigt sich und betet. Ein Profi.

Es wird nicht mehr lange dauern. Auf dem Leuchtband kann ich den Zeitplan der Begräbnisse sehen. 12 Uhr 30, in Féans.

Lola verabschiedet sich von Mama und schickt sich an, den Raum der Totenwache zu verlassen. Diese Art zu gehen. Selbst mit Schuhen scheint sie zu fliegen. Reiher oder so was. Aber was macht sie? Plötzlich dreht sie sich um, skatet auf mich zu mit ihrem Plisseerock und läßt sich auf dem Fenster im Sargdeckel nieder. Sie betrachtet mich erstaunt, als nähme sie mich zum ersten Mal wahr.

»Schwer beeindruckt, was?«

»Aber Tino, wie konntest du das tun?«

Sie hat warme, sündige Augen, ihr Mund ist halb geöffnet.

Ich träume von der ersten Kirsche des Sommers.

Der riesige Friedhof von Havanna

Auch ich hatte einen Onkel in Amerika. Und ich hoffe, daß ich ihn noch immer habe, daß er noch immer die Rosanovas des Galicischen Friedhofs mit seinem Zinkeimer gießt.

Mein Onkel hieß Amaro und war mindestens achtmal gestorben, bevor er starb. Er war Spezialist im Sterben und tat es immer mit großer Würde. Wenn er vom Tod zurückkehrte, duftete er nach La-Toja-Seife, war wie der Akkordeonspieler des Orchesters Mallo frisiert, trug einen neuen dreiteiligen Anzug und hatte eine überraschende Geschichte parat. Einmal beschrieb er detailliert das Menu des Himmelsbanketts, bei dem es ihm zufolge reichlich gesalzenen Schinken mit Steckrüben gab.

Und gab's Salzkopf? fragte mein Vater mißtrauisch.

Natürlich, Mensch! Ein Schweinskopf auf jedem Tisch, mit zwei Petersilienstengeln in den Nasenlöchern und einem Halsband aus Margeriten.

Wie war das Wetter?

Sonnig, aber ein bißchen kühl. Wo das Fegefeuer war, nicht. Dort blies ein schrecklicher Nordostwind. Es ist baumloses Heideland.

Diese Fähigkeit, zu sterben, ohne ganz zu sterben, schrieb Amaro dem seltsamen Umstand zu, daß er ein blaublütiger Hirtenjunge war. Bei Festen lieferte er den Beweis, indem er sich die Nase brach, wie bereiftes Glas, mit zwei Fingern als Zange. Dann rannen zwei tiefblaue Fäden heraus, die er genüßlich aufschlürfte wie Anis mit Minze.

Ich glaube jedoch, daß er auf dem riesigen Friedhof von Havanna gelernt hatte zu sterben.

Der Ozean bewegte sich noch immer unter meinen Füßen, als mir schon jemand einen Besen und einen Zinkeimer in die Hände drückte. So erzählte er über seine erste Reise von seinem Dorf Néboa in die Karibik. Er war so jung, daß er noch kein Rasiermesser brauchte. Ich tat es Mingos O'Pego nach, dem Landsmann, in dessen Obhut mich meine Eltern gegeben hatten. Mit dem Palmwedelbesen und diesem glänzenden Eimer trat ich ein in die Verwaltung des Cristóbal Colón, des größten Friedhofs von Amerika. Und kam einen Monat lang nicht mehr hinaus, ob du es glaubst oder nicht. O'Pego war dem Rum verfallen. Er hatte eine ganze Flaschensammlung, die in einer der Grabnischen des Galicischen Friedhofs versteckt war. Schau dir diesen Verstorbenen an, sagte er, he he! Und er gab mir deutlich zu verstehen: Daß du ihn mir ja nicht anrührst, Junge, klar? Er sollte mir ein Zimmer in der Gemeinde der Lebenden besorgen, aber vorläufig arbeitete ich den ganzen Tag auf dem Friedhof, wo ich auch schlief, in einer kleinen Hütte, zwischen Blumenkränzen und Marmorkreuzen. Dort lernte ich, Stimmen und Musik zu hören, die die anderen nicht hörten.

Ich kauerte mich in Amaros Schoß, und meine Angst schien ihn zu beflügeln.

Was für Nächte auf dem Friedhof von Havanna! Indios, Neger, Galicier! Trommeln und Dudelsäcke! Alle tanzten in der warmen Nacht, während O'Pego auf einem Kissen aus Rosanovas und Kränzen mit Nelken schnarchte! Wir hatten da eine Katze, die in der Nacht sehr groß wurde, Ozelot oder Jaguar, und Ratten groß wie Hasen fraß, he he. La Habana, Habanita mía, wie schön ist alles in Havanna! Selbst Totengräber sein war schön in Havanna!

Meine Eltern führten ein Lokal in Orzán, in der Straße nach Coruña, eine Straße, die dem Meer so verbunden war, daß es manchmal durch die Kloschüssel hochstieg. Und es gab eine so feste Stammkundschaft, daß ihre Weinschalen numeriert waren. Die von Amaro war die 36. Anders als die meisten trank mein Onkel in kleinen Schlucken, vorsichtig, nachdem er das weiße Porzellan feierlich zum Mund geführt hatte. Dann betrachtete er mit feuchten Augen den Bodensatz des Ribeiro-Weins, als wäre es eine dramatische Stickerei. Die Welt! Wenn du wüßtest, wie klein die Welt ist, Kind!

Na, du Simpel, sag mir mal ... Was ist älter, der Herkulesturm oder die Kathedrale von Santiago? fragte an der Theke die Schale Nummer 7.

Mir ist alles, aaaalles schnurzpiepegal! verkündete die Schale Nummer 9.

Die Wolken, sie weinen
um eine Liebe, die starb.
Die Straßen, sie glänzen
So strömte der Regen herab.

Wer da sang, war ein Matrose, der keine numerierte Schale hatte. Er war mit einem Sturm im Schlepptau gekommen, den er an der Türschwelle gelassen hatte, wo er wie ein verlassener Hund heulte.

Halt die Schnauze, blöder Hund! sagte die Schale

Nummer 3, einer dieser Einsamen mit Spinnweben vor den Augen, der kaum von dem Tisch aus altem Pinienholz zu unterscheiden war.

Bin ich gemeint? fragte der Matrose herausfordernd und warf sich in die Wolfsbrust.

Sagen Sie mal, *caballero*, schaltete mein Onkel Amaro sich vermittelnd ein, kennen Sie Havanna?

Havanna? Von einem Ende zum anderen! rief er von der Theke her. Dann trat er näher, neugierig geworden. Havanna, heiliger Himmel, wie schön ist Havanna! Mir hüpft das Herz, wenn ich nur den Namen sage!

Und mir tut es weh, sagte Onkel Amaro mit einem Seufzer. Und den Friedhof Cristóbal Colón? Kennen Sie den riesigen Friedhof von Havanna?

Nein. Der lag nicht auf meinem Weg.

Schade. Ich war dort offizieller Obergärtner, erklärte mein Herr Onkel mit ehrlichem Stolz.

Chrysanthemen sind gut für die Toten, sagte die Schale Nummer 5.

Mir sind Dahlien lieber! verkündete die nachfolgende.

Saufköppe! rief ein Einzelgänger, der sich kaum auf den Beinen halten konnte, nach einem langen Schluck.

Sind Sie schon lange zurück? fragte der Matrose interessiert.

Als die Sache passierte. Ich war arm, aber ich hatte einen Goldzahn, und irgend jemand verkündete laut, die Revolution würde mir meinen Goldzahn ziehen. Ich habe ihn immer noch. Und er machte den Mund auf, um dem Matrosen, der interessiert den Kopf reckte, die goldene Prothese zu zeigen. Als ich wieder denken konnte, hatte ich Havanna verloren, sagte mein Onkel, nachdem er den Zahn mit dem Putzleder der Zunge poliert hatte.

In solchen Fällen, erklärte der Matrose leicht schulmeisterlich, folgt man immer den anderen, und manchmal hat man Pech damit.

Was kostet es jetzt, sich einen Goldzahn einsetzen zu lassen? fragte die Schale Nummer 12.

Das Weihnachtsgeld reicht nicht dafür! sagte die 7.

Und wie war Havanna? fragte mein Onkel in klagendem Ton.

Verblaßt ... und schön.

So war es, als ich ging. Und dann sagte er beherzt: Laßt uns zum Andenken die Rose des Ribeiro entblättern!

Papa fand diese unbezahlten Runden überhaupt nicht witzig. Armaro hatte keinen Duro und starb immer, nachdem er auf Havanna angestoßen hatte. Und so war es. Meine Eltern hatten die Nase voll von seinem Hin und Her zwischen den Welten und organisierten ihm dieses Mal keine Totenwache, und es gab weder Duft noch Frisur, noch Anzug.

Bleib da, befahl mir mein Vater. Und sag uns Bescheid, wenn er zurückkommt.

Ich schlief neben ihm ein, aber als ich erwachte, war er kalt und sah aus, als würde er von dieser Reise nie mehr zurückkommen. Er lächelte schmerzlich, und im halboffenen Mund fehlte sein Goldzahn. Bislang ist er nicht heimgekehrt von der Überfahrt. Sie haben ihn zwar in eine Grabnische im Dorf Néboa gesteckt, aber ich stelle ihn mir in irgendeinem Zollamt vor, wo er versucht, die Fahrkarte mit seinem Goldzahn zu bezahlen, der wie ein kostbares Maiskorn auf seinem Handteller liegt, und Verhandlungen führt, um auf den riesigen Friedhof von Havanna zurückzukehren.

Das Milchmädchen von Vermeer

Natürlich werde ich meiner Mutter nie zurückgeben können, was sie für mich getan hat, und ich werde auch nie imstande sein, etwas Ähnliches zu schreiben wie den Correio, den Miguel Torga am 3. September 1941 in Coimbra verfaßte.

»Filho ...«
E o que a seguir se lê
É de uma tal pureza e um tal brilho,
*Que até da minha escuridão se vê.**

Meine Mutter war Milchfrau. Sie zog einen kleinen Karren mit zwei großen Zinkkannen. Die Milch, die sie verteilte, stammte von den Kühen meines Großvaters Manuel aus Corpo Santo, das ein Dutzend Kilometer von der Stadt entfernt lag. Dieser Großvater hielt in jungen Jahren einmal die Schreibfeder des Pfarrers in der Hand und sagte: »Was für eine schöne Schrift ich hätte, wenn ich schreiben könnte!« Und er lernte es, mit schönen Schriftzügen, die sich wie Pflanzen rankten. Im Auftrag der Familien verfaßte er Hunderte von Briefen an Emigranten. Auf seinem Schreibtisch sah ich zum ersten Mal, auf Postkarten, die Freiheitsstatue, die Wasserfälle von Iguazú und einen Gaucho in der Pampa. Wir lebten in Monte Alto, einem Viertel von Coruña, in einer Erdgeschoßwohnung in

* Portugiesisch im Original. »Sohn ...« / Und was nachfolgend zu lesen ist / ist von einer Reinheit und einem Glanz / daß man es sogar aus meinem Dunkel sehen kann.

der Rúa de Santo Tomás, so erdnah, daß es Kakerlaken gab, die sich unter die losen Bodenfliesen flüchteten. Manchmal spielte ich gegen sie wie gegen eine feindliche Armee. Ich kannte die Angst, aber nicht das Entsetzen. Ich werde erzählen, wie ich dem Entsetzen begegnete. Meine Mutter, die Milchfrau, zieht los mit ihrem Karren und ihren Milchkannen. Ich spiele mit meiner Schwester María. Plötzlich hören wir Trommeln und großes Getöse auf der Straße. Wir gehen ans Fenster, um zu sehen, was los ist. Die Nasen an die Scheiben gedrückt, entdecken wir das Entsetzen. Das Entsetzen kommt auf uns zu. Meine Mutter fand uns weinend und aneinander geklammert im Badezimmer. Das Entsetzen war eine Riesenpappfigur des Königs.

1960 bin ich drei Jahre alt. Am Nachmittag höre ich die Gesänge der Häftlinge im Gefängnishof. Nachts drehen sich die Lichtblitze des Herkulesturms wie kosmische Propellerschaufeln über dem Kopfende des Bettes. Das Licht des Leuchtturms ist wichtig für mich: mein Vater befindet sich auf der anderen Seite des Meeres, an einem Ort, der La Guaira heißt.

Ich bin drei Jahre alt. Ich kann mich sehr gut an alles erinnern. Besser, als an das, was heute passiert ist, bevor diese Geschichte begann. Ich erinnere mich sogar an das, von dem die anderen behaupten, es sei nicht geschehen. Zum Beispiel: Mein Patenonkel, ich weiß nicht, wie er es fertiggebracht hat, beschafft einen Truthahn für das Weihnachtsfest. Am Vorabend entwischt das Tier und läuft zur Anhöhe des Herkulesturms. Sämtliche Nachbarn verfolgen es. Als sie kurz davor sind, den Truthahn zu greifen, schwingt er sich in einer unmöglichen Bewegung in die Luft und verliert sich über dem Meer wie eine Wildgans. Das war eines der Dinge, an die ich mich erinnern konnte und die nicht passiert sind.

1992 fuhr ich zum ersten Mal nach Amsterdam. Diese lang ersehnte Reise war für mich eine Art Pilgerfahrt. Ich wollte unbedingt *Die Kartoffelesser* sehen. Vor diesem Bild mit seiner geheimnisvollen Glut, mit der tiefsten Religiosität von allen Bildern, die ich gesehen habe, vor dieser wahren Darstellung der Heiligen Familie, mußte ich den Impuls unterdrücken niederzuknien. Ich hatte Angst, die Aufmerksamkeit auf mich zu lenken, wie einer dieser auffälligen Touristen, die mit Sonnenbrille und Bermudashorts durch eine Kathedrale laufen. Das Licht der dampfenden Kartoffelschüssel steigt zur schwachen Lampe empor und erleuchtet die Gesichter der Bauernfamilie, die voll Inbrunst die heilige Nahrung, die bescheidene Frucht der Erde, betrachtet. Ich war auch im Rijksmuseum, und dort sah ich *Das Milchmädchen* von Vermeer.

Der Zauber des 1660 gemalten Bildes liegt im Licht. Experten und Kritiker haben höchst anregende Texte über das Wesen dieser Helligkeit verfaßt, aber am Ende bleibt immer ein Fragezeichen. Es ist das sogenannte Geheimnis von Vermeer. Bevor das Bild ins Rijksmuseum kam, hatte es verschiedene Besitzer. 1798 wurde es von einem gewissen Jan Jacob an einen gewissen J. Spaan für 1.500 Florin verkauft. Im Inventar steht folgende Anmerkung: »Das Licht, das durch ein Seitenfenster hereinfällt, wirkt auf wundersame Weise natürlich.«

Vor diesem Bild bin ich drei Jahre alt. Ich kenne diese Frau. Ich weiß die Lösung für das Rätsel um das Licht.

Vor Jahrhunderten, Mutter, in Delft, erinnerst
du dich?
leertest du den Krug im Haus von Johannes
Vermeer, dem Maler, dem Mann von
Catharina Bolnes,
Tochter der Frau Maria Thins, der hochnäsigen,
die noch einen Sohn hatte, der halb närrisch war,
Willem, wenn ich mich recht erinnere,
der die arme Mary Gerrits entehrte,
das Dienstmädchen, das jetzt die Tür öffnet,
damit du hereintreten kannst, Mutter,
und auf den Tisch in der Ecke zugehst
und mit dem Krug Schmetterlinge aus Licht
ausgießt,
die das Vieh der Deinen auf die Weide trieb
auf die grünen, dunklen Teppiche von Delft.
So, wie ich es im Rijksmuseum träumte,
wird Johannes Vermeer sie mit Milch weißen,
diese Wände, das Blech, den Korb, das Brot,
deine Arme,
auch wenn in der Vorstellung des Bildes
die Lichtquelle das Fenster ist.
Das Licht von Vermeer, dieses jahrhundertealte
Rätsel,
diese unsagbare Helligkeit, von Gottes Händen
abgetropft,
Milch, von dir gemolken im dunklen Stall,
zur Stunde der Fledermäuse.

Als ich meiner Mutter das Gedicht zu lesen gab, zeigte sie keine Regung. Ich fühlte mich unsicher. Obwohl es vom Licht sprach, war es vielleicht zu dunkel. Ich ging zum Regal und nahm ein Buch über Vermeer heraus, das von John Michael Montias, in dem eine Reproduktion des Bildes zu sehen ist. Jetzt schien meine Mutter beeindruckt zu sein. Sie schaute das Bild lange an, ohne etwas zu sagen. Dann steckte sie das Gedicht ein und ging.

Einige Tage später kam meine Mutter uns besuchen. Sie brachte uns, wie üblich, Eier von ihren Hühnern und Kartoffeln, Zwiebeln und Kopfsalat aus ihrem Garten. Sie sagt immer: »Egal, wohin du gehst, bring etwas mit.« Bevor sie sich verabschiedete, sagte sie: »Ich habe auch etwas für dich mitgebracht.« Sie öffnete die Tasche und holte ein weißes Papier heraus, das wie ein Spitzentaschentuch gefaltet war. Das Papier war um ein Foto gewickelt. Meine Mutter erklärte, sie habe alle ihre Schwestern aufgesucht, um es zu finden.

Das Foto war aus ihrer Jungmädchenzeit. Vor 1960, aber natürlich sehr viel später als 1660. Meine Mutter erinnert sich nicht, wer es aufgenommen hat. Aber sie erinnert sich an das Haus, an die unfreundliche Hausherrin, den halb närrischen Sohn und an das Dienstmädchen, das die Tür öffnete. Es war ein sehr hübsches Mädchen, aus der Gegend von Culleredo. »Eines Tages ging ich hin, und eine andere machte mir die Tür auf. Sie hatten sie entlassen, aber ich habe nie erfahren, warum.« In ihrem Blick lag eine Frage: ›Und du, woher wußtest du das mit der armen Mary?‹ Dann erklärte sie bestimmt: »Den Armen ist immer der Sensenmann auf den Fersen.«

Dagegen fand meine Mutter es nicht weiter bedeutsam, daß die Frau des Bildes und die des Fotos einander ähnelten wie ein Ei dem anderen.

Die alte Königin fliegt aus

> Eine letzte Bemerkung noch zu den Bienenkörben: Das Einfangen der Schwärme, die fliehen, wenn sie schwärmen. Dies erfordert eine gewisse Sorgfalt, damit sie nicht verlorengehen, denn die Bienenschwärme gehören dem, der sie als erster findet.
>
> *»Ethnographie«, Xaquín Lorenzo, aus: Historia da Galiza.*

Der Frühling war vorzeitig und mit aller Macht hereingebrochen.

Zur Kaffeezeit betrachtete Chemín durch das Fenster, das auf den Garten ging, das Fest der Vögel im alten Apfelbaum. Wenn das düstere Schweigen des Winters herrschte, fand sich nur das fröhlich aufgeplusterte Rotkehlchen ein, das wie ein kleiner Knappe die vom Moos silbrigen Schläfen des Baumes pickte und in den kahlen Zweigen umherhüpfte. Bisweilen kam auch die Amsel. Sie ließ sich nieder mit ihrer dunklen Melancholie, erwiderte den Blick des Mannes aus dem Augenwinkel und floh dann plötzlich, die Flügel zu einem schwarzen Pentagramm entfaltet.

Auch im Eßzimmer fand ein Fest statt. Jedes Jahr zu dieser Zeit, am dritten Sonntag im März, feierte man den Tag des heiligen Josef im Vaterhaus der Familie Chemín. In der Tat waren es die Lieder der Kinder und Enkel gewesen, die ihn veranlaßt hatten, seinen Blick von seinem Platz am Kopfende des Tisches auf den alten Apfelbaum zu richten.

Der leichte Wind des Nachmittags wiegte träge die arthritischen Arme des Obstbaums, die das muntere Liebeswerben der Vögel im Walzertakt über sich ergehen ließen. Am Ende der Zweige zitterten die weißen Blütenbüschel wie die Organdy-Spitzen eines Brautkleides. Dort kreisten die Bienen.

Papa, du bist dran, sagte Pepe, der älteste Sohn. Er war ein guter Gitarrespieler. Zur Zeit der Beatles war er einer der ersten in der Gegend gewesen, die sich das Haar lang wachsen ließen, und er trug eine schreckliche orangefarbene Hose, eng und mit Schlag. Die Nachbarn zerrissen sich das Maul über ihn und gaben ihm den Spitznamen Yeah-Yeah. Chemín hatte den einen oder anderen Klatsch gehört, nachdem er in die Schweiz emigriert war. Ich habe deinen Pepe auf dem Markt in Baio gesehen, hatte einer aus der Ecke von Tines zu ihm gesagt, der kürzlich das Land verlassen hatte. Und mit spöttischem Brummen hinzugefügt: Von hinten hab ich ihn für Marujita Díaz gehalten. Am Abend nahm Chemín sich verärgert vor, einen Brief zu schreiben und seinem Sohn darin zu befehlen, zum Friseur zu gehen. Er grübelte über den Sätzen, die den Sohn zur Räson bringen und der Mutter ihre Toleranz vorhalten sollten, aber sie hinterließen einen bitteren Beigeschmack. Er stellte sich vor, wie Pilar, seine Frau, mit rosigen Fingern den Umschlag öffnete, denn immer wusch sie sich gerade die Hände, wenn die Post sie überraschte. Mit Pilars nassen Augen las er den vorwurfsvollen Brief, der ihm im Kopf herumging, und dann kam ihm alles zu dumm vor, wie ein nächtlicher, trunkener Schlag ins Gesicht.

Auf, Papa, sing *Meus Amores*.

Ja, ja, der Großvater soll singen.

Er fragte sich, ob die Bienen, die den Nektar der weißen Apfelbaumblüten saugten, aus seinen Bienenkörben stammten oder aus Gandóns Garten kamen. Den Kaffee mochte er schön heiß und sehr süß, jetzt war er aber langsam kalt geworden in seinen Händen, weil der Bildschirm des Fensters ihn abgelenkt hatte.

Meus amores! Diese Ballade hatte ihm ein Mitbewohner der Baracke in der Schweiz beigebracht. Er hatte kein gutes Gedächtnis für Lieder, aber dieses hatte sich ihm eingegraben wie eine Naht in die Haut. Es kam wie ein Gebet aus seinem Innern, wie eine patriotische Hymne der Eingeweide, genährt von den schwärzlichen Kartoffeln, die es in der Baracke der Emigranten zum Abendessen gab. Jedes Jahr, seitdem er aus der Schweiz zurückgekehrt war und sie zusammen den Tag des heiligen Josef feierten, sang er *Meus amores*. Jetzt war er ein Patriarch, der Älteste der Familie Chemín. Diese Ballade stieg auf wie ein Nebelschleier, der sie alle vereinte, auch jene, die von ihnen gegangen waren in ein zeitloses Jenseits.

Zwei Lieben halten mich am Leben:
Die Heimat und was mir mein Zuhause ist,
die Familie und das Land meiner Geburt.
Ohne diese beiden Lieben kann ich nicht leben.

In der Mitte des Liedes spürte er, daß seine Brust ohne Luft war, wie der schlaffe Balg eines Dudelsacks. Ich fühle mich nicht sehr gut, sagte er schließlich. Er wußte, daß er mit dieser Bemerkung das Fest verdüstern würde, so als zöge jemand am Tischtuch und zerbräche das Geschirr aus Sargadelos, das Pilar wie einen Brautschatz hütete.

Ich glaube, ich werde mich ein bißchen hinlegen.

Es war mehr, als er sagen konnte. Sein Mund war trocken, und er gab dem kalten, bitteren Kaffee die Schuld daran. Etwas, eine fremde Beklemmung, drückte ihm auf die Brust und preßte ihm die Rippen wie Zangen in die Lunge. Außerdem rumorte ihm der Bienenschwarm im Kopf, mit einem bohrenden, unerträglichen Summen.

Pepe verstand. Sein guter Sohn, der Yeah-Yeah, in dessen krausen Locken schon weiße Haare zu sehen waren, schlug die Gitarre und begann, eines seiner Lieder zu singen, obladi, oblada, in einem witzigen Gemisch aus Galicisch und Englisch, das die Jüngsten aufhorchen ließ. Nur Pilar schaute ihn direkt an, vom Türrahmen aus, sie, die unermüdlich Wachende, das Tablett mit dem Kuchen in den Händen.

Bevor er im Schlafzimmer das Rollo herunterließ, schaute er noch einmal zum Apfelbaum, dem blühenden Magneten. Dann richtete er den Blick auf den Nachbargarten, den von Gandón. Wie immer war nur ein winziger Teil dieser geheimen, ewig schattigen Welt zu sehen, die von einer dichten Hecke aus Myrthe und Lorbeer verborgen wurde. Nur an der Stelle, wo die dürre Trauerweide noch immer ihren Winterschlaf hielt, in ihr weißes Mark versunken, gab die Mauer aus Pflanzen den Blick frei. Durch diese Ritzen konnte Chemín die Körbe des verlassenen Bienenstandes sehen.

Er und Gandón waren in der Kindheit dicke Freunde gewesen. Er erinnerte sich, wie sie zusammen mit der Angelrute die großen grünen Eidechsen fingen, die die Bienenkörbe bedrohten. Es war eine schwierige

Kunst. Man mußte den Angelhaken mit Heuschrekken bestücken und sich dicht auf den Boden ducken. Er hielt die Rute, und Gandón, auf der anderen Seite, machte ihm ein Zeichen, wenn die Eidechse kurz davor war, anzubeißen. Die Bienen waren darauf vorbereitet, gegen einen Eindringling zu kämpfen, sie töteten ihn und balsamierten ihn ein, damit er nicht im Bienenstock verfaulte, aber in jenem Sommer schienen die Eidechsen sich wie ein gefräßiges Heer zu vermehren. Sie fingen bis zu zwei Dutzend. Sie steckten ihnen einen Draht durch die Augen und trugen sie aufgehängt davon, voll Stolz über die wertvolle Trophäe. Die Haut der Eidechse schillert wie ein Streifen, den man aus dem Regenbogen gerissen hat.

Die Familien Chemín und Gandón sprachen nicht miteinander, aber das war etwas, das sie, solange sie Kinder waren, nicht betraf. Man betrat nur eben das Haus des anderen mit einer gewissen Vorsicht. Einmal, als die Erwachsenen bei der Arbeit waren, hatte er mit Gandón in diesem dunklen Garten gespielt. In einem Winkel lagen übereinandergestapelt alte Körbe, die als Bienenstöcke gedient hatten. Mein Vater sagt, hatte Gandón erklärt, wir haben kein Talent für Bienen. Sie sind alle an einer bösen Luft gestorben.

Eines Tages hörten er und Gandón auf, miteinander zu sprechen. Niemand befahl es ihnen ausdrücklich, aber es war, als vernähmen beide gleichzeitig einen unumgänglichen Befehl aus dem tiefsten Innern ihrer Häuser. Es geschah nach der Firmung, als der Weihbischof in die Gemeinde kam und ihnen ein Kreuz aus Asche auf die Stirn zeichnete. Als sie die Kirche verließen, sprachen sie nicht mehr miteinander, und auf dem Nachhauseweg rückten sie absichtlich immer mehr voneinander ab.

Chemín, der jetzt auf dem Bett lag, hob die Hand zur Stirn und machte das Zeichen des Kreuzes. Das Kreuz hatte nichts zu tun mit dem Streit zwischen der Familie Chemín und der Familie Gandón. Es war nur ein Ausdruck der Erinnerung. Das Schweigen zwischen ihm und Gandón und das Bewußtsein, ein ererbtes Ressentiment zu übernehmen, setzten ein, als der Erwachsene sich das Kind anzueignen begann. Am Tag der Firmung zog man ihnen zum ersten Mal lange Hosen an. Und sie hörten gerade in dem Augenblick auf, miteinander zu sprechen, als ihr Stimmbruch begann und aus ihrer Kehle mißtönende Laute kamen, die sie nicht beherrschen konnten. Bald darauf sollten sie mit einem gewissen Erstaunen feststellen, daß sie nun in der Öffentlichkeit laut fluchen durften.

Die beiden Jungen, die einmal Freunde gewesen waren, verschwanden in den dunklen Kanälen des Gedächtnisses, die sowohl dem Erinnern als auch dem Vergessen dienen. Dem alten Chemín, der auf dem Bett ausgestreckt lag, blieb von jener Zeit nur das erstarrte Bild des feucht schimmernden Regenbogens auf der Haut der Eidechsen.

Er hatte Gandón natürlich oft wiedergesehen. Der Mann, der in ihm gewachsen war, hatte einen Blick, der Chemín hart und düster erschien, wie der Garten, in dem der andere verschwand, wenn er durch das Gittertor gegangen war. Später begann Gandón fernab als Hilfsarbeiter im Straßenbau zu arbeiten. Er sah ihn nur an den Sonntagen, und er kam ihm wie ein merkwürdiger Typ vor, wie ein Fremder, mit dem er nie Umgang gehabt hatte. Wenn sie einander begegneten, wandten sie sich ab, als wollten sie nicht zulassen, daß sich auch nur ihre Schatten berührten.

Still auf dem Bett liegend, sah Chemín die beiden Jungen wieder vor sich. Sie standen an der Himmelspforte, vor dem heiligen Petrus. Dieser zählte wie ein sorgfältiger Zöllner ihre Eidechsen ab. Seine Rechnung schien nicht aufzugehen. Schließlich schaute er die Jungen mit hochmütiger Beamtenmiene an und sagte zu ihnen:

»Das sind zu wenige Eidechsen! Geht runter und holt mehr.«

Und die Jungen liefen mit hängenden Köpfen den abschüssigen Weg hinunter und stießen mit den Holzschuhen gegen die Kieselsteine, das glühende Gewicht der Sonne lastete wie ein Stein auf ihrem Rücken.

Gehen wir Forellen fangen, mit der Hand? fragte der kleine Chemín. Vielleicht ist eine Forelle im Himmel drei Eidechsen wert.

Doch der kleine Gandón antwortete ihm nicht. Er war plötzlich gewachsen. Ein grobschlächtiger, schweigsamer, in sich verschlossener Mann. Die Arme und das Gesicht hatten den harzigen Lack vom Leben unter freiem Himmel. Als sie zum Steinkreuz kamen, spuckte er auf den Boden und nahm den entgegengesetzten Weg, ohne sich zu verabschieden.

Lebwohl, Gandón, sagte Chemín betrübt.

Als er in die Schweiz emigrierte, fand er zuerst Arbeit beim Bau eines Tunnels im Tessin. Sie waren mindestens dreihundert Männer, die im Bauch des Berges wühlten. Chemín hatte einen italienischen Vorarbeiter, mit dem gut auszukommen war. Wenn sich ein Ingenieur näherte, rief er ihnen energisch zu: »Lavorare, lavorare!« War er fort, sagte er augenzwinkernd und mit spitzbübischem Lächeln: »Piano, piano!« Eines Morgens traf eine neue Gruppe von Arbeitern ein, und Chemín merkte an ihrer Sprechweise, daß die meisten Galicier waren. Unter ihnen entdeckte er, wie von der Vorsehung geschickt, Gandón. Er ging auf ihn zu und grüßte ihn fröhlich. Der Nachbar schien zu zögern, aber dann wandte er den Blick ab wie jemand, der einen Verräter seine Verachtung spüren läßt, und folgte seiner Gruppe. Monatelang begegneten und verfehlten sie sich instinktiv. Bis Chemín eines Tages die Abwesenheit Gandóns bemerkte, so als habe er aufgehört, den herbstlichen Geruch von Fichtennadeln wahrzunehmen. Es war kalt, weit unter null Grad. Am Tunneleingang flatterte der Schnee wie ein weißes Laken. Er fragte nach ihm, und ein Bekannter aus Camariñas sagte ihm, sie hätten ihn ins Krankenhaus hinuntergebracht. Seine Backenzähne seien zum Teufel gegangen, als er das eisige Wasser einer Quelle getrunken habe. Trink Milch, Gandón. Doch nein. Er trank nur Wasser. Er sei allergisch gegen Milch, sagte er. Er aß auch keinen Käse und keine Butter. Das war die Grundnahrung in der Kantine des Unternehmens. Er litt Hunger, sagte der aus Camariñas. Er schiß weiß wie die Möwen. Ich glaube nicht, daß er wiederkommt.

In Chemíns Garten stand auch ein Nußbaum. Sein Vater hatte ihm erzählt, der Baum sei jedes Jahr um eine Manneslänge gewachsen, aber er habe keine Früchte getragen. Er begann, Nüsse zu tragen, als Chemín geboren wurde.

Eines Tages erfuhr er auf indirektem Wege, durch ein Gespräch unter Nachbarn, daß dieser Nußbaum die Ursache des Streits zwischen der Familie Chemín und der Familie Gandón war. Tatsächlich war er selbst ein wichtiger Bestandteil der Geschichte.

Chemíns Vater hatte in vorgerücktem Alter eine sehr schöne junge Frau geheiratet. María da Gracia war die Tochter einer unverheirateten Frau und hatte von Kind auf als Dienstmädchen gearbeitet, aber deshalb fehlte es ihr nicht an Verehrern. Sie selbst war die beste Mitgift, die sich ein Bauer wünschen konnte. Beim Entblättern der Maiskolben sang sie Tangos und Boleros, und die Leute zupften im Takt der Melodie die runzligen, rauhen Blätter von den Kolben, als wären es Blütenblätter am Fronleichnamstag. Als der alte Chemín und Maria da Gracia heirateten, sangen die zornigen jungen Männer die ganze Nacht Spottlieder vor dem Haus und machten Lärm mit Kuhglocken und Blechdosen.

Es waren schon drei Jahre vergangen, und María da Gracia hatte kein Kind zur Welt gebracht. Sie waren ein gutes Gesprächsthema für die Klatschmäuler, doch das Paar zeigte sich immer glücklich wie die Turteltauben im Frühling. Da passierte die Sache mit dem Nußbaum. Der Baum wuchs mit dem Tempo einer Trauerweide am Ufer, aber ohne eine einzige Frucht zu tragen. Jemand sagte Chemín, er müsse dem Baum mit der Rute zu Leibe rücken. Die Zweige mit der Rute schlagen, bevor die Blätter keimten. Ihn durchprügeln, ohne ihn zu zerbrechen. Der Baum würde sozusagen die Botschaft verstehen. Und das tat er an jenem ersten Sonnentag, an dem alles in Erwartung zu sein schien. In weißem Hemd und schwarzer Weste, nachdem er von der Messe zurückgekehrt war, schlug er auf den Nußbaum ein. Er spürte die Schweißtropfen auf der Stirn, als auf seiner Höhe, im Nachbargarten, der alte Gandón vorbeiging. Und mit lauter Stimme sagte: Das hättest du mit der Frau machen müssen, sie ordentlich durchprügeln. Damit sie Nüsse trägt! Gandón hatte fünf Kinder.

Der alte Chemín antwortete nicht. Er lehnte die Rute an den Stamm des Nußbaums, ging ins Haus und trank Wasser aus dem mit Eisenringen beschlagenen Holzeimer. Dann sagte er zu María da Gracia: Frag mich nicht, warum, ich kann es dir nicht sagen, aber red bitte nie wieder ein Wort mit der Familie Gandón. María da Gracia verstand. Ihr Mann war ein lauterer Mensch. Seine natürliche Würde zog sie an.

Ein Jahr später wurde der kleine Chemín geboren.

All das tauchte in seiner Erinnerung auf, als das mit dem Bienenschwarm passierte. Doch dieses Mal war die Erinnerung mit einem Groll verbunden, den er nie zuvor empfunden hatte. Eine Kletterpflanze schien ihm die Brust abzudrücken, seinen Adamsapfel dicht zu umschließen, und heisere Laute, harte, einsilbige Worte kamen aus seinem Mund, die wie Steine in den stets ruhigen Teich fielen, der Pilar umgab. Sie bemerkte die Veränderung in seinem Charakter sofort, aber sie führte sie auf das Wetter zurück, auf diesen närrischen Frühling mit taghellem Mondlicht, das die Hähne nachts krähen ließ und die Saatfelder in fiebriger Schlaflosigkeit zur Erschöpfung trieb.

Chemín hatte niemandem, nicht einmal ihr, erzählt, was mit dem Bienenschwarm passiert war.

Am vorherigen Wochenende hatte er große Unruhe in einem der Bienenkörbe bemerkt. Es war ein sehr guter Schwarm. Er produzierte einen dunklen Honig mit Geschmack nach Rosmarin. Chemín konnte die geheimnisvollen Abstufungen der Süße, die Anteile von Wald und Blüte unterscheiden, die in einem kleinen Löffelvoll enthalten waren. Die Bienenkörbe waren immer ein wichtiger Bestandteil der Familienwirtschaft gewesen. So etwas wie ein geheimer Impfstoff, dem man die Langlebigkeit des Clans zuschrieb. Er begrub seinen Vater, als dieser neunzig Jahre alt war, und nicht die Krankheit hatte ihn ins Grab gebracht, sondern der Schmerz über den Verlust von María da Gracia. Wenn sie am Leben wäre, murmelte er oft, würde ich nie sterben. Aber an einem Markttag hatte dieses verdammte Auto sie getötet, an dessen Steuer ein Betrunkener saß.

Den ganzen Sonntag lag er auf der Lauer, denn der Schwarm hatte begonnen, sich zu verdichten. Die Bienen schwirrten am Flugloch. Es muß eine neue Königin geben, dachte er, nicht lange, und die alte wird mit ihrem ganzen Gefolge von Arbeiterinnen ausfliegen.

Lange Zeit, hatte ihm sein Vater erzählt, wußte man nicht, wie die Bienen auf die Welt kamen. Weißt du, warum? Weil man glaubte, die Königin müsse ein König sein. Etwas anderes ging ihnen nicht in den Kopf, nicht einmal den Klügsten. Sie schrieben dummes Zeug, zum Beispiel, daß die Bienenschwärme aus den Bäuchen toter Ochsen kämen. Bis ihnen ein Licht aufging. Und es gibt noch was sehr Merkwürdiges, das du wissen mußt, sagte sein Vater, wobei er vertraulich die Stimme senkte. Die Königin wird nicht als Königin geboren. Die Arbeiterinnen wählen eine Larve aus und ernähren sie mit Gelee einige Tage länger als den Rest. Eigentlich könnte jede der Bienen Königin sein. Und die Drohnen? Warum töten sie alle Drohnen? fragte der Junge. Weil sie Nichtsnutze sind, wie die Schreiberlinge der Stadt, sagte lachend der alte Chemín.

In der Nacht vor dem Fest konnte er fast nicht schlafen. In seinen Träumen flog die Kugel des Schwarms auf halber Höhe dahin, wie ein Luftballon, und er fuchtelte wild mit den Armen, um ihn einzufangen, wie in einem beängstigend komischen Film mit Charlie Chaplin. Seine Unruhe trieb ihn früh aus dem Bett, er bespritzte sich das Gesicht mit kaltem Wasser und ging dann zum Bienenstock. In der Tat, die Bienen bildeten ein großes dichtes Knäuel, das kurz davor war, sich zu lösen. Er lief davon, um einen Korb zu holen, und genau in dem Augenblick, da er die Hand nach ihm ausstreckte, sah er, wie der Schwarm sich in einem kompakten und zugleich zerfaserten Flug in die Lüfte erhob. Er landete auf dem ersten Ast, den er auf seinem Weg fand, dem niedrigsten des Nußbaums. Chemín näherte sich langsam, aber sein Herz rumpelte wie ein Mühlstein. Es war keine Angst. Er wußte, daß die Bienen, wenn sie im Schwarm fliegen, so viel Honig tragen, daß sie nicht stechen können. Er hob den Korb hoch, und auf halbem Weg konnte er sehen, wie die Kugel sich vom Ast löste und ihren Flug wieder aufnahm. Diese Sekunden, in denen er erstaunt verharrte, ohne zu reagieren, waren entscheidend. Der Schwarm überflog die Hecke und ließ sich auf einem der Bäume im dunklen Garten der Familie Gandón nieder. Und dann tauchte er auf, wie ein Jäger auf der Pirsch. Der schweigsame Mann zog sich die Jacke aus Kalbsleder aus, hüllte den Schwarm darin ein, als würde er einen geflügelten Traum einfangen, und begab sich zu den alten leeren Bienenkörben.

Chemín schlief mit offenen Augen. Aus dem Erdgeschoß drang der Klang der Lieder zu ihm. *Auch das Meer hat Frauen, auch das Meer hat Liebeleien, es vermählt sich mit dem Strand, küßt ihn, sooft es will.* Am Mittag dieses Tages war er zu Fuß ins nächste Dorf gegangen. Er wollte den Gedanken verscheuchen, der mit beharrlichem, bohrendem Summen in seinem Kopf rumorte. Er war immer ein vernünftiger Mann gewesen. Unterwegs dachte er nach. Gandón hatte nach einem ungeschriebenen Gesetz gehandelt. Es hätte jeder sein können. Ein Schwarm, der den Bienenkorb verläßt, gehört dem, der ihn einfängt. Es war kein Diebstahl. Doch in seinem Kopf summte es hartnäckig von Schläfe zu Schläfe. Er konnte nicht umhin, es als feindseligen Akt aufzufassen. Eine kriegerische Herausforderung. Was wußte Gandón über Bienen? Die Familie war nicht imstande gewesen, die Bienenstöcke zu halten. Die Pest oder die böse Luft, was zum Teufel auch immer, wohnte in ihnen. Als Chemín an den Honig des gefangenen Schwarms dachte, spürte er auf seinen Lippen einen bis dahin unbekannten Geschmack. Nach bitterem Honig.

Er ging auf die Suche nach alten Freunden, mit denen er sprechen und sich von dem Summen ablenken könnte, das ihn quälte. Als er zur Bar Lausanne kam, wählte er jedoch einen Tisch in der Ecke und kehrte dem Gewühl den Rücken. Mit unsichtbaren Karten legte er Patiencen auf dem Marmor des Tisches. Was war der alten Königin wohl in diesem Augenblick durch den Kopf gegangen? Warum verließ der Schwarm den Ast des Nußbaums, dieses Nußbaums, der sich mit Nüssen gefüllt hatte, als er geboren wurde? Eine Minute zuvor hatte alles Sinn gehabt. Er schaute auf die Uhr. Es war spät geworden. Bestimmt trafen die Gäste schon ein. Wenn er könnte, würde er bis zur Nacht im Wald umherirren. Er dachte an das eigene Fest wie an das eines Fremden. Als er aufstand, merkte er, daß er zuviel getrunken hatte. Das Summen flackerte wie eine schwache Lampe. Es breitete sich im ganzen Körper aus, als wäre es ein alter Schmerz. Als er an die Theke trat, um zu bezahlen, sagte ihm der Wirt, der seinerzeit ebenfalls emigriert war, er schulde ihm nichts. Schon okei, Chemín. Dann geht es also aufs Haus? Gandón. Gandón hat für dich bezahlt. Ich habe ihm gesagt, daß es vier Gläser waren. Aber er hat geantwortet, egal, ich soll alles auf seine Rechnung setzen. Einmal ist keinmal.

Statt auf der Straße zu gehen, nahm Chemín eine Abkürzung, die durch Wald und Wiesen zum Dorf führte. Die Kühle der Bäume schwächte das Summen ab, doch dann, inmitten der Weiden, fachte eine für die Jahreszeit ungewohnt stechende Sonne wie ein glühendes Scheit wieder den Bienenschwarm in ihm an. Er hielt die Hand schirmend über die Augen und schaute zum Dorf. Die Strecke zwischen dem kleinen und dem großen Dorf hatte sich im Lauf seines Lebens immer wieder verändert. Als kleiner Junge kam sie ihm wie eine Weltkarte vor. Später dann wurde sie immer kürzer, bis sie sich in einen Steinwurf verwandelte. Jetzt kehrte sie zu den Dimensionen der Kindheit zurück, aber auf andere Weise, als wären die Kieselsteine Knochensplitter.

Mitten auf dem Weg, eher hingestreckt als zurückgelehnt, ein keuchendes Bündel, stieß er auf Gandón. Ihre Blicke begegneten sich. Der des liegenden Mannes, der den Kopf gegen die Böschung stützte, war ein Blick voll Angst, aus Augen, die gerötet und verweint waren. Er hatte eine Hand auf die Brust gelegt, in Höhe des Herzens, und rieb sich wie ein Töpfer den Lehm.

Es ist der Wein, murmelte Gandón. Sie tun so viel Chemie rein.

Der Ausdruck seines Gesichts war eine Mischung aus Ironie und Schmerz.

Ohne ein Wort zu sagen, half Chemín ihm, sich aufzurichten, aber als er versuchte, sich den Staub von der Jacke zu klopfen, knickte er wieder ein. Chemín faßte ihn mit großer Mühe um die Taille, führte den Arm Gandóns über seine Schultern, und dann gingen sie mit schleppenden Schritten los. Dicht aneinander gedrängt, schwitzend, schienen sie mit einem klagenden Pfeifen durch denselben Blasebalg zu atmen.

Als sie zum Gitter von Gandóns Garten kamen, gab dieser zu verstehen, er könne sich allein behelfen. Sie blieben stehen, angelehnt, holten Luft. Schließlich wandte Chemín sich schweigend zum Gehen.

Du mußt mir beibringen, wie man Bienen züchtet, murmelte Gandón.

Chemín sagte nichts.

Als er nach Hause kam, liefen ihm die Enkel entgegen und gaben ihm einen Kuß, und er hielt ihnen mit ausdrucksloser Sanftmut die Wange hin, während sein

Blick woanders war. Er ging zu seinem Stuhl am Kopfende des Tisches und ließ sich schweigend auf ihn fallen.

Jetzt, auf dem Bett, in einem nebligen Wachzustand, versucht er, wieder in den Traum zurückzufinden.

Die beiden Jungen steigen auf einem Pfad aus dem Himmel herab und stoßen mit den Holzschuhen mutwillig gegen die Kieselsteine. Ich hab eine Idee, sagt plötzlich der kleine Chemín. Ich gebe dir meine Eidechsen, damit kommst du in den Himmel. Und du? fragt der kleine Gandón. Ich gehe Forellen fangen, mit der Hand. Wenn ich eine habe, bringe ich sie dem Heiligen an der Pforte. Aber du geh jetzt vor.

Und dein Freund? Warum ist dein Freund nicht zurückgekommen? fragte der heilige Petrus, nachdem er die Eidechsen gezählt hatte.

Er hat gesagt, er würde lieber Forellen fangen gehen, erklärte der kleine Gandón unschuldig.

Er ist also Forellen fangen gegangen, was? sagte der Zöllner rätselhaft.

Auf dem Bett hörte Chemín endlich die Glocke. Sehr langsam, mit der Stimme eines blinden Sängers, sagte die Glocke der Pfarrkirche Gan dón, Gan dón.

Der Sohn, sein geliebter Yeah-Yeah, öffnete die Tür des Zimmers und sagte im Halbdunkel zu ihm: Weißt du, was, Papa? Sie sagen, Gandón ist gestorben.

Er riß weit die Augen auf, um den Sohn mit dem Blick zu umfassen. Er hörte seine Stimme aus immer größerer Entfernung, so nah er auch herantrat und so laut er rief.

Papa! Papa! Was hast du, Papa? Papa! Papaiño!

Er flog, er flog eingehüllt in den Samt des Bienenschwarms. Warum verließen sie den Bienenkorb? Warum blieben sie nicht auf dem Ast des Nußbaums? Er wollte noch etwas fragen, aber die alte Königin war taub.

Die Nacht, in der ich auf Brautschau ging

Mein Freund Eloy hatte eine Bauchrednerpuppe, die Liberto hieß.

Die Puppe war mit einer blauen Latzhose aus Nanking und einem rotweißkarierten Flanellhemd bekleidet. Liberto wohnte in einem Koffer. Dort verbrachte er lange Jahre, ohne das Tageslicht zu sehen, wie eine Maus auf dem Dachboden, nachdem sein wahrer Besitzer verschwunden war, ein Großonkel von Eloy, als Rubí bekannt, der die Gabe besaß, mit dem Bauch zu reden, ohne die Lippen zu bewegen.

Von Rubí wissen wir – nach dem wenigen, was man uns erzählt hat –, daß er ein geschickter Schuster war, ein alter Junggeselle und in seiner Freizeit ein großer Nachtschwärmer. Er zog durch alle Lokale der Gegend mit seinem Gefährten Liberto, den er selbst gebaut hatte, und bestellte Schnaps für zwei, obwohl er selbst dann alles trank. Rubí sprach verhalten und leicht spöttisch, aber mit Libertos Stimme war er von sprühendem Witz und nahm kein Blatt vor den Mund. Das Ende von Rubís Geschichte ist, daß er während des Krieges fliehen mußte, über die portugiesische Grenze, und daß man ihn für tot erklärte, weil man nie wieder etwas von ihm gehört hatte.

Liberto hatte es uns zu danken, daß er in die Welt des Lichts zurückkehrte.

Meine Eltern verbrachten ihre Ferien immer in Gardarás, wo sie beide herstammten. Wir wohnten bei Aurora, meiner Tante, die das Haus beim Tod der Großeltern geerbt hatte. Man muß dazu sagen, daß Aurora ein gutes Herz, aber einen teuflischen Charakter hatte. Sie war ledig, aber das Gegenteil einer Nachtschwärmerin. Sie empfing uns mit offenen Armen und vollen Schüsseln, aber die Kinder waren für sie so etwas wie Trolle, die nachts in den Milchtopf pinkeln. Von klein auf war ich während der Ferien eigentlich bei Eloy zu Hause. Dort waren Kinder willkommen und bekamen sogar Lob für ihre Streiche.

Eines Tages, als ich mit Eloy auf dem Dachboden herumstöberte, öffneten wir den Koffer, in dem Liberto wohnte. Er starrte uns an mit seinen Augen aus blauem Lack, und Eloy klappte vor lauter Schreck den Koffer gleich wieder zu.

Es war ein später Sonntagnachmittag, und die Erwachsenen saßen in der Küche und schauten sich eine Sendung an, die *Königin für einen Tag* hieß. Bei Eloy gab es einen Fernseher, den sein Vater aus Deutschland mitgebracht hatte, wo er als Tischler in einer Möbelfabrik gearbeitet hatte. Es fanden sich viele Nachbarn ein, als wäre es ein Kino.

In der Sendung *Königin für einen Tag* erschien immer eine Frau, die vor Rührung weinte. Man merkte, daß die Frauen, die vor dem Fernseher saßen, ebenfalls den Tränen nahe waren.

Mama, sagte Eloy, während er sie am Ärmel zupfte, da oben ist ein kleiner Mann.

Ja, Kind, ja, sagte die Mutter. Und schaute weiter *Königin für einen Tag*.

Wir schauten auch. Die Frau im Fernsehen bekam Geschenke, eines für jedes ihrer Kinder. Sechzehn, wie es hieß. Also wunderte es mich nicht, daß sie vor

Rührung weinte bei den sechzehn Paketen mit Schleifchen, die sie vor Augen hatte.

Die Minuten vergingen, und Eloy und ich verloren das Interesse und kehrten auf den Dachboden zurück. Wir näherten uns vorsichtig dem Koffer, als wäre er eine Mausefalle. Dann, in instinktivem Einverständnis, begannen wir, ihn mit Faustschlägen und Fußtritten zu traktieren. Schließlich wagte ich es, das Ohr an die Verkleidung zu legen.

Hörst du was? fragte Eloy.

Ein Jammern. Scheint, er beklagt sich, erfand ich.

Ich spielte den Furchtlosen, als gehörte ich zu den Typen aus dem Katanga-Viertel, von denen es hieß, sie würden sämtliche Volksfeste in Coruña aufmischen, und öffnete den Koffer. Die Augen aus blauem Lack bohrten sich in mein Gesicht wie zwei Scheinwerfer in die finstere Nacht.

In diesem Augenblick spürte ich ein seltsames Rumoren im Magen. Luft kam in mir auf. Sie dehnte sich aus, ohne daß ich etwas dazu tat, wie ein Dudelsackbalg, und dann sprach sie für mich.

Verdammt noch mal! sagte die Puppe. Das hat vielleicht gedauert!

Sehr viel später erfuhr ich aus einem Buch von dem Fall eines amerikanischen Iren namens Tom, der eine Brühe gegessen hatte, die so heiß war, daß sie ihm die Speiseröhre verbrannte, und von der Forschung, zu deren Gegenstand Professor Stewart Wolf aus Oklahoma ihn gemacht hatte. Ich erinnere mich an den Ort, weil ich immer gerne Oklahoma! gesagt habe. Tom hatte man ein Loch in den Magen machen müssen, damit er Nahrung aufnehmen konnte. Und durch dieses Loch konnte Doktor Wolf in einer jahrelangen Studie die Beziehung zwischen dem Magen und den Gefühlen nachweisen. Die Seele wohnt buchstäblich im Magen und nicht im Herzen. Es muß an der Ausdehnung liegen und daran, daß die Seele sehr gefräßig ist.

An jenem Tag auf dem Dachboden schauten Eloy und ich uns eher verdutzt als erschrocken an. Die Puppe kam mir jetzt wie ein wundersames Wesen vor, das von einem fernen Planeten gekommen war. In einem Anfall von Mut, vielleicht weil ich an die Bande aus Katanga gedacht hatte, hob ich sie hoch. Sie war leicht wie das Gerippe eines Zwerges. Ich schaute Eloy an, ohne irgendeine Absicht, und hörte erneut diese Stimme eines alten Griesgrams, die aus meinen Eingeweiden kam.

Hallo, kleiner Buckliger!

Eloy riß die Augen auf, als würde ein Teufel ihn verspotten. Das war der Spitzname, unter dem seine Familie bekannt war, wenn man es auch vermied, ihn in der Öffentlichkeit zu benutzen. Die Buckligen. Die Sache hatte eine lange Geschichte. Niemand in der Familie hatte jetzt einen Buckel. Der letzte Bucklige war kein anderer als Rubí gewesen. Die Leute strichen ihm mit der Hand über den Rücken, weil das Glück brachte, und man erzählt, daß die Puppe Liberto dann sagte: Warum steckst du sie dir nicht in den Arsch?

Als wir mit der Puppe herunterkamen, saßen die Erwachsenen alle aufmerksam vor dem Bildschirm, mit dem Glanz verhaltener Tränen in den Augen. Es lief die Schlußszene von *Königin für einen Tag*. Zuerst schenkten sie der Gestalt, die wir mitbrachten, keine

Aufmerksamkeit. Einmal mehr füllte sich mir der Balg der Seele, und es brach unwillkürlich aus mir heraus:

Arme Königin, die Königin für einen Tag! rief die Puppe.

Ich kann mich deutlich an diesen kollektiven Blick erinnern. Ich hatte dieser Drohung schon einmal standgehalten, als sie sich im niederschmetternden Blick von Tante Aurora verkörperte, nachdem ich ihren türkisfarbenen Teppich mit Schlamm an den Schuhen betreten hatte.

Wie nett! hatte sie damals gesagt, und ihre Augen haten mich wie Nadeln durchbohrt.

Doch jetzt waren es zwei Dutzend verärgerte Augen, die mich aufgespießt hatten. Sehr viel später – um zu sagen, was ich nicht an der falschen Stelle sagen durfte – sollte ich dieses Gefühl definieren können. Es war der Blick des Sensenmanns.

Ist ja gut, ist ja gut! sagte daraufhin die Puppe, um sich für die Unterbrechung zu entschuldigen.

Ui, beim Kreuze Christi! Der Liberto!

Es war die Großmutter von Eloy, die, kurzsichtig wie sie war, als erste die Puppe bemerkte. Das Fernsehen bildete so etwas wie einen flimmernden Hintergrund, denn jetzt war Liberto der gefeierte Mittelpunkt der Versammlung, er wanderte von Schoß zu Schoß, und sie gaben ihm sogar Anis zu kosten, aber er sprach nicht noch einmal in dieser Dämmerung, die Nacht wurde und dann Schlaf.

Wir kehrten jedes Jahr in den Ferien zurück. Ab und zu stiegen Eloy und ich zum Dachboden hinauf, um den Koffer zu öffnen und ein wenig mit Liberto zu plaudern. Wir erzählten ihm auf unsere Weise die

Neuigkeiten aus Gardarás und die Entdeckungen des Lebens. Und er sagte oft von meinem Bauch her: Verdammt noch mal!

Im vergangenen Jahr war ich zum letzten Mal mit Eloy zusammen. Und mit Liberto. Dieses Jahr werde ich nicht zurückkehren. Ich glaube, ich werde nie wieder zurückkehren.

Eloy steht kurz vor seinem Abschluß in Jura und ich vor meinem in Philologie. Wir studieren beide in Santiago, aber wir sehen uns kaum. Wir leben sehr verschieden. Er bewegt sich viel im Ensanche, in den Lokalen der neuen Viertel. Und ich … Na ja, ich bewege mich woanders. Mehr ist dazu nicht zu sagen.

Wie auch immer, im letzten Jahr ging ich Eloy besuchen, am ersten Abend unserer Sommerferien. Es herrschte Feststimmung, es war die Johannisnacht. In Gardarás pflegt man noch den Brauch der Johannisfeuer und der gebratenen Sardinen mit Maisbrot. Dort waren wir, zusammen mit den Nachbarn. Die Mädchen waren gewachsen, wie unsere Jahre, und die Alten scherzten mit uns.

Ihr solltet euch eine Frau in Gardarás suchen!

Spät in der Nacht, zur Stunde des mit Schnaps versetzten Kaffees, als nur noch die Ältesten um das Feuer saßen, beugte Eloy sich mit leicht geröteten Augen vertraulich zu mir und sagte: Warum gehen wir nicht auf Brautschau nach Saltón?

Das war ein Witz, den man in Gardarás machte. Saltón war eine bewaldete Berggegend, mit Weilern, die noch immer halb isoliert waren. Für die Leute in Gardarás war es eine ferne Welt. Wenn jemand zu heftig fluchte oder sich bei irgend etwas ungeschickt anstellte, sagte man zu ihm: Wie in Saltón!

Doch Eloy blinzelte mir zu, als spräche er im Ernst, mit dieser Stimme, wie sie typisch war für die Nachtschwärmer aus dem Stamm der Buckligen.

Na, komm schon, auf zu den Mädchen in Saltón!

Er war ziemlich angetrunken. Ich auch.

Ich wußte nicht einmal, was es hieß, zu den Mädchen in Saltón zu gehen. Ich würde um ihretwillen überall hingehen.

Und dann erinnerte ich mich an Liberto.

Ich gehe mit, sagte ich, aber nur, wenn wir Liberto mitnehmen.

Eloy brauchte eine Weile, bis er verstand. Er schaute in die Glut, als würde er eine alte Geschichte lesen, und brach dann in Lachen aus.

Der Liberto! Natürlich nehmen wir Liberto mit!

Wir fuhren mit Eloys Auto über die Landstraße und ließen es dann im Schutz einer Lorbeerhecke stehen.

Besser, wir gehen jetzt zu Fuß weiter, sagte Eloy, und folgen der Route der Feuer.

Es stimmte, von da aus waren drei oder vier Feuer zu sehen, die wie riesige Leuchtkäfer auf den Röcken der Nacht blinkten. Ich trug den Koffer mit Liberto.

Im ersten Ort, in den wir gelangten, empfing uns ein Hund, der ohne große Überzeugung bellte. In der Johannisnacht bellen die Hunde kaum, da sie gewöhnlich damit beschäftigt sind, die Knochen im Umkreis der Holzfeuer abzunagen. Am Feuer, wie Wächter der Nacht, saßen nur zwei Alte, die uns zu Kaffeelikör einluden. Nach zwei Schlucken und nachdem sie erfahren hatten, daß wir aus Gardarás kamen, aus dieser und jener Familie, fragten sie uns spöttisch: Na, und was treibt euch hierher?

Die Mädchen! sagte Eloy mit der fröhlichen Entschlossenheit des Betrunkenen.

Die Mädchen, was? Na, Mädchen, gute Mädchen gibt es weiter oben! sagte der Spottlustigere der beiden.

Wir steuerten auf das nächste Feuer zu, wie die Seefahrer auf den Leuchtturm. Eloy schlug eine Abkürzung vor, und wir nahmen einen schmalen Weg. Wir merkten schnell, daß es ein Pfad war, der nicht mehr benutzt wurde und von Dornen überwuchert war. Ich machte den Weg mit Libertos Koffer frei, schlug ein auf das stachelige Dickicht. Allmählich bekamen wir einen klaren Kopf, und ich sah, wie der Mond uns auslachte.

Wäre es nicht besser, umzukehren? sagte ich zu Eloy.

Wir sind gleich da, sagte er selbstbewußt.

Niemand saß mehr am Feuer. Nicht einmal ein Hund.

Wir wollten schon umkehren, nach Gardarás hinunter, als ein Licht anging und auf der Schwelle einer Tür ein alter Mann mit einer Laterne und einem Stock erschien.

Was sucht ihr?

Die Mädchen, guter Mann! rief Eloy unverblümt.

Na, hier habt ihr Mädchen! sagte der Alte tiefernst.

Ein Geruch nach müdem Feuer schwebte in der Luft, den die Brise wie Mondstaub verbreitete. Ich war wie angewurzelt stehengeblieben, den Koffer in der Hand, ein Reisender, der an einem Bahnhof ohne Ortsschild ausgestiegen war.

Eloy schubste mich. Vorwärts, Don Juan!

Es war ein Bauernhaus, aus Naturstein und Holz, abgesehen von den Ziegelsteinen zur Abdeckung der alten Krippen, die auf den Kuhstall hinausgingen. Beim Eintreten roch es nach gewaschenem Gemüse, frisch gemolkener Milch und nicht weit entferntem Mist. Das Licht, verschleiert vom Rauch des Herdes, der in einer hinteren Ecke wie ein Fabelwesen atmete, wirkte intim, wie in manchen Filmen. Auf der Bank am Herd saß eine alte Frau in Trauerkleidung und nähte mit gesenktem Kopf. Es war, als würde sie eine Naht mit dem Faden ihrer Wimpern nähen. Ich musterte sie eingehend, denn der Patriarch führte uns dorthin, zum Feuer.

Der Alte klatschte ein paarmal in die Hände und rief: Kinder, kommt runter, Besuch ist da!

Das Mädchen, das aus dem Oberstock herunterkam, hatte tatsächlich ein Kindergesicht mit roten Apfelbäckchen. Doch ihr Körper war der einer richtigen Frau, mit großzügiger Brust und nackten, kräftigen Armen. Mir kam der Gedanke, daß sie bestimmt im Bett sanft küssen und danach in Windeseile ein Waldstück vom Gestrüpp säubern konnte. Sie lächelte uns schüchtern an und setzte sich neben den Herd, auf den Stein, nah bei Eloy.

Sie heißt Lidia, sagte der Alte vom Tisch her, an dem er Platz genommen hatte. Er setzte eine Brille auf und begann, *El Progreso* zu lesen. Ich weiß nicht, warum, aber in diesem Augenblick beneidete ich ihn. Es lag wohl daran, daß auch ich gerne abends lese, wie jemand, der sich durch ein Fenster davonmacht, wenn die anderen sprechen und ein Netz aus Worten knüpfen müssen.

Ja, ich heiße Lidia, sagte Lidia mit einem Kirmeslächeln.

María, komm runter, auf, komm runter! rief der Alte wieder, ohne den Blick von der Zeitung zu lösen. Und dann sagte er leise: Komm runter, sie fressen dich schon nicht.

Eloy und ich lauerten unverhohlen, wie Jäger auf Rebhuhnjagd. Und mein Herz tat einen Sprung vor Entsetzen. Jemand stieg schließlich die Treppe herab, eine trauertragende Schattengestalt, deren Kopf ebenfalls von einem schwarzen Tuch bedeckt war. Durch die Art, wie sie die Stufen nahm, vorgebeugt, fast stürzend, wirkte sie wie ein Zwilling der närrischen Alten, die nähte.

Das ist María, sagte die Kindfrau mit traurig schimmernden Augen.

Eloy räusperte sich, als wollte er endgültig den Rausch verscheuchen. Auch ihm war die Nacht im Hals steckengeblieben.

Das mißlungene Fest vor Augen, erinnerte ich mich an Liberto. Ich öffnete den Koffer und setzte mir die Puppe auf den Schoß. Lidia lachte nervös auf, und Eloy betrachtete mich mit einer schläfrigen, traurigen Melancholie. Ich spürte in meinen Eingeweiden den Balg der Luft, und meine Hand belebte Libertos hölzerne Seele.

Herz, wach auf, sei munter, hier:
Saltóns Blüte steht vor dir!

Zum ersten Mal, seit wir gekommen waren, wandte die Alte, die nähte, den Blick vom Stoff und betrachtete neugierig die Puppe.

Nähen Sie, Señora, nähen Sie, sagte Liberto, während er flüchtig auf den Alten wies, der sich wieder auf die Lektüre konzentriert hatte. Nähen Sie der Eidechse den Schwanz an!

Von Libertos Humor getragen, überwand ich meinen Widerwillen und suchte das Gesicht der anderen. Ich fühlte jetzt, daß ich die Gliederpuppe war, deren Lippen jemand zum Zittern brachte. Unter dem Kopftuch schauten einige kastanienbraune Locken hervor, und ihre Augen waren zwei grüne Gemmen, die im Licht des Herdfeuers funkelten. Man könnte sagen, daß sie alterslos war und von einer ganz eigenen Schönheit.

Auch Eloy bemerkte diese seltsame Erscheinung. Wir nahmen, munter geworden, den Kaffee an, den die junge Lidia uns anbot. Sie war in der Wärme des Feuers gereift. Dann knüpften Eloy und Lidia wie selbstverständlich ein Gespräch miteinander an, und ich sah mich María gegenüber, verzaubert. Ich richtete ein paar nichtssagende Worte an sie. Daß ich aus Gardarás stammte, aber in der Stadt aufgewachsen sei und Philologie studierte.

Warum studierst du das?

Weil mir die Geschichte der Wörter gefällt, sagte ich leicht verschämt.

Die Wörter! rief sie aus. Und dann sagte sie leise: *Les feuilles mortes*.

Ich wußte, was sie gesagt hatte, ich verstand es, aber ich konnte nicht verstehen, daß sie es sagte.

Das ist Französisch! äußerte ich erstaunt.

Ja, sagte sie mit einem traurigen Lächeln, das ist Französisch. Einen Augenblick lang schwieg sie, wie abwesend. Und dann fügte sie hinzu: Ich war lange in Paris, weißt du?

Um zu arbeiten? fragte ich benommen.

Natürlich, was sonst? Reinemachefrau, Putzfrau. Rauchst du?

Eloy rauchte. Ich bat ihn eilig um eine Zigarette. María steckte sie zwischen die Lippen und zündete sie mit einem Scheit des Herdfeuers an. Sie stieß eine Rauchwolke aus und hustete. Sehr heftig, als platzte ihr die Brust.

Rauch nicht, María! rief der Alte vom Tisch her. Es klang wie ein Befehl. Du weißt, daß du nicht rauchen darfst!

Ihre Augen waren jetzt gerötet und schön wie zwei grünliche Flammen. Aber die Haut ihres Gesichts war wie blasses Porzellan mit kaffeefarbenen Sommersprossen.

Du studierst also Philologie, sagte sie mit einer Stimme, die sich wie in einem Echo zu verdoppeln schien.

Ja, Romanistik.

Romanistik, klar. Das muß interessant sein.

Und dann vergaß María mich, vergaß alles und sang mit leiser Stimme, von den Flammen gebannt:

Oh! Je voudrais tant que tu te souviennes
Des jours heureux où nous étions amis.
En ce temps-là la vie était plus belle
Et le soleil plus brûlant qu'aujourd'hui.
Les feuilles mortes se ramassent à la pelle …

Und dann bedeckte sie das Gesicht mit den Händen und begann zu weinen, so heftig, daß die Tränen zwischen den Fingern herausrannen. Plötzlich hörte sie auf zu schluchzen, nahm die Hände vom Gesicht, eine strahlende Natur, vom Regen genäßt, und strich mir ganz langsam mit zitternden Fingern über die Wangen.

Mon amour, mon amour!
Das welke Laub fällt auf den Boden.

Eine schmerzhafte Stille trat ein. Eloy, der sich spielerisch auf Lidias Knie vorgearbeitet hatte, schaute mich beunruhigt an, als bäte er um eine Erklärung.

Nur Liberto, in mir, war imstande, etwas zu sagen. Ein altes Lied.

Was hast du mir nur gegeben,
daß ich dich nicht vergessen kann,
am Tag in meinen Gedanken
und nachts in meinen Träumen.

Laß es gut sein, María, rief der Alte. Und dann, in weicherem Ton: Hör auf zu weinen. Geh besser schlafen.

Die Ärmste, sagte Lidia, die aufgestanden war und sie an den Schultern faßte. Sie ist krank zurückgekommen. Was wird sie alles durchgemacht haben, schön, wie sie ist! Ihr sind die Nerven zu Kopf gestiegen.

Die Puppe sah María an mit ihren Augen aus blauem Lack, und der luftgefüllte Balg der Seele sagte ein Abschiedswort.

Merci dame, la plus belle.

Und ich, von unwillkürlichem Unbehagen gepackt, steckte Liberto in den Koffer. Bevor ich ihn zuklappte, schaute die Alte die Puppe voll Mitleid an und sagte, während sie sich bekreuzigte: Was für ein Männchen! Wir müssen Gott trotz allem danken, daß wir sind, wie wir sind.

Nein. Dieses Jahr werde ich nicht nach Gardarás zurückkehren. Ich wäre nicht fähig, die dunklen, grünen Ölbilder der Berghänge von Saltón anzuschauen. Am Tag in meinen Gedanken und nachts in meinen Träumen.

Der Papagei von La Guaira

Sonntags aßen wir gut. Ein Landsmann von uns hatte ein Restaurant in Caracas und nahm uns als Kunden unter Vertrag. Wir banden uns eine Krawatte um, setzten uns an den sichtbarsten Ort am großen Fenster, wie in einem Schaukasten, und aßen mit Begeisterung. Das ist ein Gesetz des Gaststättengewerbes. Die Leute gehen nicht in ein leeres Lokal, schon gar nicht zum Essen. Es gibt Geschäfte, die von Anfang an unter einem schlechten Stern stehen. So gut sie auch gemacht sind, die Leute kommen einfach nicht herein. Fragt mich nicht, warum, aber so ist das. Wir arbeiteten als Lockvögel. Und das machten wir sehr gut.

Danach gingen wir zu einem Platz, den es dort in Caracas gibt, mit einer Statue von Simón Bolívar auf einem riesigen Pferd. Einem Land mit einer so großen Skulptur, mit einem so gut gemachten Pferd müßte es eigentlich gutgehen, aber, na ja. Wir setzten uns auf diesen Platz, und das war, als würden wir zu Hause und gleichzeitig im Kino sein. Die Neuankömmlinge fanden sich ein, und es gab immer irgendeinen Bekannten, der die neuesten Nachrichten aus der Heimat brachte. Und es herrschte viel Betrieb. Viel. Ich werde euch erzählen, wie ich Christoph Kolumbus kennenlernte.

Auf einer Bank uns gegenüber saßen zwei Männer, die wie Vagabunden aussahen. Sie tranken aus einer Flasche. Mich amüsierte die Situation. Mein Freund und ich saßen da, mit Krawatte, mit vollem Bauch, aber ein bißchen melancholisch, denn am Sonntagnachmittag vermißte man am meisten, was man zurückgelassen hatte. Und ich hätte nur zu gern einen Schluck aus der Flasche genommen, die sie zusehends fröhlicher machte. In diesem Augenblick streckte einer der beiden armen Schlucker die Hand zur Seite aus und rief munter: »Sieh mal, Junge, da kommt Christoph Kolumbus!«

Wir wandten überrascht die Köpfe und erblickten einen riesigen Mulatten, ebenfalls in zerlumpter Kleidung, der von einem Schwarm Fliegen umgeben war. Die drei Vagabunden umarmten sich mit Freudengeschrei und feierten die Begegnung mit ein paar Schlukken aus der Rumflasche.

Kolumbus, altes Haus!

Damals sparte ich schon ein wenig. Man versuchte, keinen Peso zuviel auszugeben und zu sparen. Aber das Schlimmste war bei der Ankunft. Ich wäre beinahe gestorben. Ich habe mich tatsächlich schon in der anderen Welt gesehen. Ich war in La Guaira an Land gegangen und hatte gleich dort Arbeit auf dem Bau gefunden. Am ersten Tag, an dem ich auf ein Gerüst stieg, herrschte eine Bullenhitze, aber ich war nicht zu bremsen, ich wollte die Welt erobern, wie die Jugend nun mal ist, ohne Verstand. Als ich den Schwindel fühlte, kochte ich schon in meinem Schweiß. Von unten rief mir ein schwarzer Hilfsarbeiter zu, den wir Blanquito nannten: »Mann, *gallego*, du riechst ja nach verbranntem Gummi!«

Das war ich, ein verbrannter Reifen. Mir fiel nichts anderes ein, als mit einem Eimer auf die Mole zu gehen und um einen Eisblock zu bitten. Und dann leckte und trank ich das Wasser, das aus dem Block tropfte.

Am nächsten Tag konnte ich nicht mehr aufstehen. Ich hatte Fieber, sah alles gelb und verschwommen. Wir schliefen zu dritt in einem gemieteten Zimmer, der Platz reichte gerade für die Pritschen. Am Abend brachten sie mir etwas zu essen, aber ich kotzte mir die Eingeweide aus dem Leib. Ein Glück, daß es ein Fenster gab, das auf den Innenhof hinausging. Und daß es auf diesem Hof einen Papagei gab.

Dieser Papagei kreischte den ganzen Tag. Das einzige, was er sagte, war: »Merceditas!« Er rief ständig nach Merceditas. Und ab und zu antwortete ihm eine Mädchenstimme: »Ich komm ja schon, mein Hübscher, ich komm ja schon.«

In Galicien, in dem Dorf, aus dem ich stamme, hatten wir ein Nachbarmädchen, das Mercedes hieß. Mir gefiel dieses Mädchen, ich meine, sie machte mich nervös, und deshalb spielte ich ihr tausend Streiche. Ich jagte ihr Angst ein, wenn sie in der Abenddämmerung den Weg am Friedhof entlangging und so Sachen. Ich versteckte mich zwischen den Grabsteinen und erschreckte sie zum Spaß. Mercediiiiiiiitas!

Dieser Papagei rief also nach Merceditas, und das hielt mich am Leben, wach in einer Welt aus Nebel und Schatten, so als spähte ich durch ein Loch auf dem Friedhof. Und lange klang die glockenhelle Stimme in mir nach, die sagte: »Ich komm ja schon, mein Hübscher, ich komm ja schon!«

Es vergingen mindestens acht Tage, bis der Körper angekommen war. Das Zimmer hörte auf, wie ein Waggon durch einen Tunnel zu rasen. Und ich begann wieder zu essen. Und zu arbeiten. Und dann kam dieser Vertrag als sonntäglicher Kunde und Esser im Restaurant von Evaristo. Ein Triumph, verglichen mit Christoph Kolumbus.

Schade, daß ich Merceditas nicht kennengelernt habe. Die mit dem Papagei konnte ich nie zu Gesicht bekommen, denn der Tag gehörte der Arbeit und die Nacht dem Schlaf. Und die andere, das Mädchen aus dem Dorf, war nach Amerika gegangen, als ich zurückkehrte.

Unsere Schiffe müssen sich auf dem Meer begegnet sein.

Auf dem Weg zum Wald

Ich kenne noch eine Geschichte mit einem Papagei.

Doña Leonor hatte ihn aus Coruña mitgebracht. Ein Schiffsreeder, der ihr den Hof machte, hatte ihn ihr geschenkt. Doch Doña Leonor besaß zuviel Charakter, um mit einem Mann zu leben, auch wenn es ein Mann war, der sie mit Papageien beschenkte. Und so zog sie zu ihrem Onkel, der Pfarrer war. Daß man mich nicht mißversteht. Dieser Onkel, der Pfarrer war, hatte sogar einen Revolver. Einmal wurde er überfallen, holte den Revolver unter der Soutane hervor und sagte: »So gewiß es einen Gott gibt, werde ich eure Seele zum Teufel jagen!« Und sie ließen ihn gehen.

Der Papagei von Doña Leonor war sehr gefallsüchtig. Er hatte einen roten Kopf mit weißen Wangen und orangefarbene Streifen um die tiefschwarzen Augen, und rot war auch der Körper, bis auf die blaugrünen Flügel und die purpurnen Schwanzfedern. Er war auch sehr fromm. Sie hatte ihm den Rosenkranz in Latein beigebracht. Seine unermüdliche Litanei war das Ora pro nobis.

Man sagte zu ihm: Hallo, schöner Papagei!

Und er antwortete: Ora pro nobis.

Wir sprachen Kastilisch mit ihm, denn er war ein Papagei, der aus der Stadt kam. Man redete auf ihn ein: Junger Herr Papagei, junger Herr Papagei!

Und er, wie immer: Ora pro nobis.

Wie heißt der Papagei, Doña Leonor?

Und sie sagte lachend – sie war eine andere Frau,

wenn sie lachte –: »Er heißt Pius IX., Gott möge mir verzeihen.«

Der Papagei hatte seinen Platz auf dem langen Balkon des Pfarrhauses, zwischen üppigen Vorhängen aus zum Trocknen aufgehängten Bohnen, Zwiebelzöpfen, Knoblauchzehen, Paprikaschoten, Maiskolben und ausgesuchten Weintraubenbüscheln für den Süßwein. Pius IX. fraß getrocknete Feigen, harte Eier und Himbeeren, was uns neidisch machte, und pickte an einem Salatblatt herum, das wie ein grüner Sonnenschirm war, den die Dienstmädchen in der Hitze jenes Sommers immer wieder erneuerten.

Sie waren es auch, die unfreiwillig das Geplauder des Papageis änderten. Auf dem Dreschplatz, unter dem Balkon, riefen sie die Hühner, um ihnen Maiskörner hinzuwerfen: Puuuttputtputtputt! Puuutputtputtputt! Und die Hühner kamen schwankend angelaufen, wie falsche Krüppel, auf die ein Regen aus Münzen niedergeht.

Eines Tages, früh am Morgen, begann der Papagei zu rufen: Puuuttputtputtputt!

Die Hühner drängten sich unter dem Balkon, in Erwartung des goldenen Regens.

Fortan vergaß der Papagei sein Latein und wiederholte den Spaß jeden Augenblick. Wenn die Hühner versammelt waren und auf die Körner lauerten, stieß er ein Lachen aus, das aus der Kehle eines Vogels ziemlich unheimlich klang.

Puuuttputtputtputt! Hahaha!

Am Pfarrhaus kamen immer die Ananaspflücker aus Altamira vorbei, die, wie man so sagt, ein Völkchen für sich waren. Sie liefen rasch vorbei, die Esel hinter sich herziehend und den Blick auf die Berghöhen gerichtet. Doch eines Tages lenkte der Papagei ihre Aufmerksamkeit auf sich. Sie sahen zu, wie er die Hühner herbeirief, hörten das Lachen des Vogels und fanden das so lustig, daß sie einen halben Vormittag in diesem Zirkus vertrödelten. Doña Leonor trat aus dem Haus und wies sie zurecht. Sie sagte, ob die Ananas vielleicht vom Himmel fielen und andere Ermahnungen, die sie stumm über sich ergehen ließen. Dann zogen sie fort, voll Ressentiment, wie die Indianer in den Wildwestfilmen.

Am nächsten Morgen hockten die Ananaspflücker erneut vor dem Balkon. Der Papagei Pius IX. begann den Tag mit der Nummer Puuuttputtputtputt. Die Ananaspflücker lachten laut und applaudierten. Plötzlich kam aus der Menge dieser Männer, deren Gesichter aus dem mit Harz lackierten Holz des Landes gemacht schienen, ein Ruf, der wie Donner widerhallte.

Es lebe die Anarchie!

Und Pius IX. faßte das Publikum ins Auge, hob feierlich den Schnabel und wiederholte: Es lebe die Anarchie!

Und es flogen Mützen in die Luft, begleitet von Bravorufen und Applaus.

Im Nachthemd, mit dem blassen Gesicht des abnehmenden Mondes, trat Doña Leonor auf den Balkon. Und man hat nie wieder etwas gehört von diesem Papagei mit den purpurroten Schwanzfedern.

Das Brot

Nach der Beerdigung auf dem Friedhof San Amaro waren wir ins Huevito gegangen und danach in die Bar David, um auf die verblichene Seele anzustoßen. Die Mutter von Fontana war gestorben. Er war sehr bedrückt, als lastete das Gewicht des Sarges noch immer auf seiner Schulter, und man sah ihm den mit Schuld behafteten Schmerz an, den die Söhne empfinden, wenn die Mutter sie verläßt. In seinem Fall hatte die Mutter Alzheimer gehabt und den Sohn mit dem Mann des Wetterberichts im Fernsehen verwechselt.

Sieh nur, wie fesch er aussieht! sagte sie. Und schickte ihm durch die Luft einen Kuß auf den Bildschirm.

Fontana deutete diesen Gedächtnisverlust als ein Zeichen von Protest, von indirekter Anklage gegen seine langen Abwesenheiten. Er war Junggeselle, wie wir alle, und hatte einen Hang zur Boheme. Mit der Zeit wuchs seine Antipathie gegen den Wettermann. Bis O'Chanel ihm eines Tages sagte: Er ähnelt dir eben, Fontana. Er sieht genau aus wie du.

Und Fontana zog sich einen zweireihigen Anzug an, wie ihn der Wettermann trug, und sagte zu ihr: Mama, ich bin's.

Das weiß ich doch, sagte die Mutter lächelnd. Ich habe viel gebetet, damit sie dich aus den Isobaren rauslassen.

An der Kneipentheke lehnte Corea. Er war ein einsamer Trinker, der sich nie mit jemandem anlegte. Wie wenig er auch sagte, selbst wenn er freundlich sein wollte, immer gerieten ihm die Worte apokalyptisch, die aus seinem Mund kamen, und seine Stimme war schwer wie Schaufeln voll Erde. Deshalb waren wir auf der Hut, als er sich Fontana näherte. Doch Corea legte ihm die Hand auf die Schulter und drückte ihm auf überraschende Weise sein Beileid aus: Die Toten muß man gehen lassen. Man darf sie nicht runterziehen. Man muß einen Ziegel im Dach lösen. Und dann die Seele ihren Ort suchen lassen.

Ohne ein weiteres Wort ging er zur Theke zurück, trank den Schluck, der ihm noch blieb, zahlte die Runde und ging durch die Tür, ohne sich zu verabschieden.

Eine Zeitlang verharrten wir stumm. Das ist ein schönes Gebet, sagte O'Chanel schließlich.

Das beste, fügte Fontana nachdenklich hinzu.

Stoßen wir an auf die Seele!

Auf die Seele!

Es stimmt, sagte O'Chanel. Es stimmt, daß es Dinge gibt, die eine Seele haben. Oder anders gesagt, es gibt Orte, an denen sich die Seelen niederlassen wie Vögel auf einem Zweig.

O'Chanel hatte immer eine Geschichte parat, um die leeren Augenblicke auszufüllen. Er brauchte nur einen Schluck, um, wie er sagte, die Prosodie anzufeuchten. Als junger Mann war er nach Frankreich ausgewandert, in einem dieser überfüllten Züge, die Galicien verließen. Und es erging ihm gut. Was glaubst du, ich hab die Schutzbleche an den Renault montiert, sagte er wie ein siegreicher Marschall. Er erzählte sogar, er habe mit einem berühmten Philosophen auf einer Caféterrasse an der Seine gesessen und der Philosoph habe sich notiert, was er ihm sagte. Natürlich, versicherte O'Chanel, hat er mich vorher um Erlaubnis gebeten. Das ist eben wirklich ein Land mit Kultur und guten Umgangsformen! Und bisweilen erfaßte ihn umgekehrte Sehnsucht: Ich muß noch einmal nach Paris zurück! Ein Mann mit Prosodie ist dort Hahn im Korb.

Ich, sagte O'Chanel jetzt, habe einmal eine Seele gegessen.

Und er blickte in die Runde, auf einen nach dem anderen, als bäte er um Zeit, bevor man ihm widerspräche.

Als ich ein kleiner Junge war, in der Hungerzeit, schickte meine Mutter mich mit der Lebensmittelkarte los. Um zu sehen, was sie einem gaben. Man bekam immer wenig, aber im Haus des Armen war alles eine Delikatesse. Wir lebten im Dorf, aber wir hatten kein Land. Mein Vater war Arbeiter, wie ihr wißt. Die Bauern kamen gerade so zurecht. Die Leute von der staatlichen Versorgung stahlen alles, was sie konnten, aber es gab immer was, das man in den Topf tun konnte. In unserem Topf lag aber meistens nur ein Knochen, um der Kohlsuppe Geschmack zu geben. Und wir waren viele zu Hause, eine Runde Küken um die Mutter herum. Heute erzählt man das, und man wird ausgelacht, aber ihr wißt, daß es wahr ist.

Gut, meine Mutter schickte mich also mit der Lebensmittelkarte los. Sie sagte: Auf, sieh zu, was sie dir geben.

Ich zog früh am Morgen los. Ich mußte fünf Kilometer bis nach Cambre laufen. Zurück blieb das Haus, das dunkel und verrußt war, denn ein Unglück kommt selten allein, das Herdfeuer brennt schlecht, es wird träge, wenn es nichts zu kochen hat. Zurück blieben die Geschwister, eine einzige Litanei aus Weinen und Husten. Und der Tag draußen war wie das Haus innen. Ein klebriger Nebel, eine kalte, traurige Räude, die alles umhüllte und einem in den Kopf drang. Ein paar Vögel saßen auf Zweigen und Zäunen, aber sie sahen alle aus, als würden sie Trauer tragen, wie in sich versunken und mit dunklen Kapuzen. Der Weg war verschlammt, und ich suchte Halt auf den Steinen, um die Holzschuhe nicht zu verschmutzen, aber ab und zu rutschte ich aus, und als der Schlamm mir schließlich bis zu den Knöcheln reichte, paßte ich nicht mehr auf und trat absichtlich in die Pfützen, wie ein Wassertier. Dort, wo ich vorbeikam, schien mich keiner zu sehen. Ich sagte guten Tag, die Leute schauten mich aus den Augenwinkeln an, aber sie antworteten nicht auf meinen Gruß. Ich war ein unsichtbares Kind.

Das war mein Weg zum Brot. Denn alles, was sie mir gaben, als ich die Lebensmittelkarte vorzeigte, war eine Stange Brot.

Und ich kehrte zurück, an das Brot geklammert. Für mich hatte dieses Brot die Farbe des Goldes. Ich lief nun ganz vorsichtig, machte Umwege, damit ich auf festen Boden treten konnte. Um nichts in der Welt durfte ich ausrutschen und das Brot ruinieren. Auf einmal kam der Hunger zu sich. Ich hatte ihn im Zaum gehalten, ihn schlafen lassen, aber ich vermute, daß er erwachte, als er das Brot so nahe fühlte. Und ich brach ein Stück ab, gedankenlos. Ich ließ es weich werden im Mund, ließ mir Zeit, kaute nicht. Es schmeckte nach allen Geschmäckern. Nach Kuchen, nach Bonbon, nach den herrlichsten Dingen. Und ich merkte gleich, daß der Tag sich aufhellte, daß der Nebel sich verzog und seine Fetzen in den Bäumen zurückließ.

Und die Finger bohrten sich weiter in seine Eingeweide, formten Kügelchen aus Krume. Sie machten, was sie wollten, ohne daß ich ihnen Beachtung schenkte, führten die Krume zum Mund, als wäre es jemand anderes, der sie mir gab. Es war wirklich ein schöner Tag. Nie zuvor hatte ich die Farben bemerkt, die der Winter in Galicien hat. Mit den Veilchen am Wegrand, dem Ginster, der die Anhöhen vergoldet, den Blüten der Rübenfelder, wie riesige Palastteppiche.

Noch ein Bissen, und die Vögel beginnen zu singen. Die Amsel, das Rotkehlchen, der Spatz, das Goldhähnchen, der Steinschmätzer, die Kohlmeise, der Buchfink, die Lerche hoch oben. Fröhliche Verwandte, die nicht auswandern.

Noch ein Stück Brot am Gaumen, und die Glocken von Sigrás beginnen zu läuten. Es war kein Trauerklang, wie damals üblich. Ein fröhliches Gebimmel, das wie ein Morgenständchen über die Felder eilte.

Das Muhen der Kühe und das Krähen der Hähne war wie eine Hymne an die Fülle, an das Leben. Ein alter Mann schichtete Dung auf einen Wagen und füllte den Morgen mit einem warmen Geruch, der nach künftigen Ernten roch, nach Salzkartoffeln und nach Maisbrot und sogar nach den Sardinen des Meeres.

Guten Tag, mein Junge! sagte Vulto, der alte Nachbar, der nie ein Wort sagte. Fröhliche Weihnachten!

Dieser freundliche Gruß hatte die Wirkung einer

Ohrfeige. Vulto war stumm, und Weihnachten war vor einem Monat gewesen.

Ich senkte den Blick. Von dem Brot war nur noch ein wenig Mehl am Mantel übrig. Vor meinem Haus klopfte ich es ab, wie eine Sünde, die man abschüttelt. Ich öffnete die Tür, und ein Dutzend Augen schaute mir aus dieser verräucherten Höhle mit gierigem Glanz entgegen.

Was haben sie dir gegeben? fragte Mama.

Ein Brot, sagte ich. Eine Stange Brot.

Um die Buße nicht weiter hinauszuschieben, fügte ich sogleich hinzu: Ich habe es unterwegs aufgegessen. Dann ließ ich die Arme sinken und näherte mich ihr voll Unbehagen, mit dem Wunsch, sie möge mich heftig schlagen.

Mama schaute mich fest an, als fragte sie sich, in welchem Augenblick Gottes Werk zum Teufel geht. Doch dann drückte sie mich an ihren Bauch und trocknete mir das Gesicht mit dieser Schürze, die sie hatte, eine Schürze, die mit Kamillenblüten bedruckt war.

Und Mama sagte: Du hast recht getan, Kind, du hast recht getan!

Reiter im Sturm

Es war meine erste Fahrt zum Gran Sol. Ich wollte mir eine Gitarre kaufen. Nicht irgendeine, sondern eine ganz bestimmte, eine echte Fender. Eine Strato. Ich hatte ihr schon einen Namen gegeben in meinen Träumen, wenn ich, verfolgt von einem Gefängnisscheinwerfer, auf dem Bühnennebel dahingaloppierte. Ich würde sie Sirene nennen.

Es heißt, daß das irische Meer ab dem 48. nördlichen Breitengrad das schlimmste ist, aber ich hatte keine Angst. Und dabei weiß ich, daß das Meer es auf mich abgesehen hat. Mit diesem Wissen wurde ich geboren. An dem Tag, an dem ich auf die Welt kam, war der Sturm kurz davor, die Haustür zu sprengen. Ungelogen. Er fegte plötzlich durch die Hafeneinfahrt und ruinierte die Schleppnetzflotte von Malpica. Und er ruinierte auch das Fest der Ehepaare, den Ball des zwanzigsten Januar. Es spielten *Die Satelliten.* Er hatte noch Kräfte genug, um die Gasse hochzufahren, brüllte wie ein Tier vor der Tür und ließ dann eine flüssige Galle einsickern wie die Ankündigung eines Telegramms.

Empfangen.

Landmenschen haben merkwürdige Vorstellungen vom Meer. Sie machen ihm Gedichte und so Sachen. Aber ich rede nicht mal mit dem Meer. Es dort, ich hier. Wenn man arbeitet, muß man es aus dem Augenwinkel überwachen und tun, als ignorierte man es, mit allen Sinnen im Alarmzustand. Denn das Meer besiegt man nie. Man kann es nur ablenken oder fliehen. Sobald ich meine Sirene gekauft habe, werde ich ihm für immer den Rücken kehren. Lebt wohl, Haie.

In diesen Versen reden die feinen Herren das Meer als Geliebte an und so Sachen. Schwachsinn. Und dann behaupten diese dämlichen Experten, wir Fischer würden es als Frau ansehen und immer die See sagen. Die können mich mal! Das Meer ist was Beschissenes. Das Meer ist ein Gefängnis. Schlimmer als ein Gefängnis. Es gibt nicht mal ein Gegenüber.

Jeder bewahrt seine historischen Sätze im Gedächtnis. Seine filmreifen Dialoge. Hier ist meiner.

Im Gefängnis ging's einem besser! sagt mein Vater. Er zittert vor Kälte und Wut, völlig durchnäßt. Sie hatten die Netze verloren und waren wie durch ein Wunder mit heiler Haut davongekommen.

Und ich könnte gut ein paar Tage Krankenhaus gebrauchen! sagt meine Mutter.

Die Zukunft zeigte sich mir von der besten Seite.

Ich bin auf der *Blue Angel*. Der Rost vom Salpeter färbt ab, wenn man ihn nur anschaut. Wir waren auf dem Weg zum Gran Sol. Meine erste Fahrt. Ich kenne den Kodex. Ich muß allen gehorchen. Vielleicht den einen mehr als den anderen.

Ein kleiner Mann, der jedoch ein Gesicht wie eine große Landkarte hat und Arme lang wie Ruder, überall behaart, von seinem kahlen Kopf abgesehen, flüstert brüllend auf dem Pier: He, Junge, hol mir den Sirup! Und laß eine Kiste Mineralwasser rüberwachsen!

Er versucht anscheinend ein diskretes Manöver, aber die ganze Besatzung liegt auf der Lauer und empfängt ihn mit scherzhaften Rufen.

Was? Gibst du wieder mal den Alkohol auf, du Unglücksmensch? sagt der Bootsmann spöttisch.

Geh zum Teufel! antwortet der eben Eingetroffene. Er kommt in sauberer Kleidung. Er riecht nach einer wilden Lotion.

Der Herr Ha-O-zwei! ruft der Bootsmann maliziös. Und alle lachen, mehr oder weniger.

Der untersetzte Kahlkopf heißt Andión. Er wird sehr freundlich zu mir sein, wahrscheinlich weil ich noch keine Erlaubnis zum Lachen habe. Den Bootsmann nennen alle Bou. Er ist barsch, aber auch er behandelt mich gut. Als junger Mann hat er meinen Vater kennengelernt. Die Seeleute werden gewöhnlich nach dem Ansehen ihrer Familie eingeschätzt. Und ich hatte diesen Vorteil. Eine Partie Tote. Und in den Eingeweiden die Erinnerung, nicht seekrank zu werden.

Bou gibt mir einen Eisensplint, eine kiloschwere Nadel, zum Verspleißen der Stahlkabel. Ich bestehe die Prüfung mit Blut an den Händen, aber ich schaue sie nicht an, als wäre es roter Schweiß.

Es ist die erste Nacht. Wir sind zu viert in der Kajüte, die man mir zuweist. Außer den Betten gibt es einen Schrank und gerade genug Platz, um sich nicht auf die Füße zu treten.

Nutz die Zeit, Junge, jetzt, wo du dich zum Schlafen noch nicht festbinden mußt, sagt mir der Gefährte, der gesprächig ist. Der andere liest einen Wildwestroman, *Das Dorf der Feiglinge*. Andión trinkt eine Flasche Wasser. An der Schranktür hat er das Foto einer Frau befestigt. Mir fällt auf, daß das Foto gerahmt ist. Ich setzte mir die Kopfhörer auf. Schließe die Augen. Ich bin auf einer großen Bühne und hüpfe mit Sirene in meinen Armen.

Bou erscheint in der Tür. Er bringt eine Flasche Whisky mit. Er trinkt daraus und bietet uns einen Schluck an. Die Flasche geht von Hand zu Hand. Andión, der auf der Pritsche sitzt, weist sie zurück. Bou lacht und läßt sie langsam hin und her pendeln, wie das Pendel einer Uhr, in Augenhöhe von Andión, der den Blick wortlos zu dem Spender erhebt und dann von seinem Wasser trinkt.

Das Haar einer Möse zerrt mehr an einem als eine Harpunenleine, was, Andión? Sogar eingerahmt hast du sie!

Zum Mittag- und zum Abendessen trinken wir San-Simón-Wein aus dem Tetra Pak. Alle treiben ihre Scherze mit Andión, der Wasser und große Mengen Kaffee trinkt. Im Lauf der Tage lassen sie ihn in Ruhe, nur Bou stellt ihm mit spöttischem Lächeln ständig einen randvoll mit Wein gefüllten Zinkbecher vor die Nase. Der Seegang wird stärker, und wenn der Wein sich über den Tisch ergießt, nimmt Andión einen Lappen und wischt ihn auf. Dann geht er sich die Hände mit Seife waschen. Anfangs rauchte er nicht, aber jetzt sehe ich ihn hektisch eine Zigarette nach der anderen anstecken. So schlitzt er auch mit dem Messer den Fisch auf, um ihn auszunehmen. Mit einer mechanischen Eile. Ich stelle fest, daß er kaum schläft. Er sitzt auf der Pritsche und raucht. Er trinkt immer weniger Wasser und mehr Kaffee. Bou erscheint jeden Abend und hält ihm die Flasche Whisky hin. Aber er schaut ihn jetzt nicht mehr an. Seine Augen sind auf die eingerahmte Frau gerichtet.

Du wirst schon noch umfallen, Andión, du wirst schon noch umfallen.

Es war ein seltsames Foto, das von der eingerahmten Frau. Es wirkte altmodisch, ohne es zu sein. Ein Halbporträt mit Widmung und allem in der rechten Ecke: »Ich warte immer auf dich, mein Liebling.« Die Pelzstola um den Hals und die hochroten Lippen machten dieses kantige Gesicht, das mich an das eines Kosaken erinnerte, den ich einmal in einer Zeitungsbeilage gesehen hatte, nicht sanfter. Das mit dem Kosaken vergesse ich nie, denn mein Vater vertut sich immer und sagt: »Damals tranken wir wie die Sokaken.«

Je mehr man sie anschaute, und ich tat es verstohlen, wenn Andión anwesend war, um so stärker und attraktiver zugleich wurde dieses Mannweib. Wenn es sich ergab, daß ich allein war, betrachtete ich sie, bis sie aus dem Rahmen heraustrat, mich an den Handgelenken faßte und an die Wand drückte und mir tiefe Küsse mit ihrer Seeaalzunge gab.

An den ersten Tagen war der Fischfang sehr schlecht. Das Meer war träge wie ein umgedrehter Spiegel und bewegte sich in bleiernen Wellen, doch in der Tiefe übte es sich in den Haß ein. Wir verloren ein Netz, und der Patron reagierte mit einer Auswahl grober Flüche darauf. Und das Meer antwortete mit einem Brecher, der die Knochen der *Blue Angel* zum Knirschen brachte.

Hier einer meiner historischen Sätze: »Die Stille vor dem Brecher gleicht nur der Stille danach.«

Ab dem 46. folgte uns ein Baßtölpel. Wenn es stürmisch wurde, füllte sich das Netz, so als würde das Meer Fische ausspucken. Mitten beim Netzeeinholen die ersten Meerengel, Engel des Meeres mit schwarzen Flügeln. Der Glücksfisch. Das war der Moment, in dem der Baßtölpel nach Irland flog und als Herold eines großen Stammes zurückkehrte. Es würde ein verdammt guter Fang werden, der den Schiffsraum inmitten eines Infernos füllen würde.

Nach einem Brecher, der über das Deck fegte, und nachdem wir den Fisch ausgenommen und gesäubert hatten, wobei wir uns wie Puppen zwischen Sturzbächen aufrecht hielten, ließen wir uns erschöpft auf die Bänke der Kantine fallen. Ich fühlte das Meer in mir, wie es mir mit seinem kalten Blut durch die Adern rann. Wir tranken große Schlucke. Andión war blaß, eingefallen und rieb die mit Schuppen gesprenkelten Hände aneinander. Bou stellte den Zinkbecher vor ihn hin und füllte ihn mit billigem Roséwein. Andión zögerte lange Sekunden. Dann trank er ihn in einem Zug aus. Er selbst schenkte sich nach. Und das tat er, bis er die Tüte geleert hatte.

Niemand sagte etwas. Auch kein Scherzwort. Aufkommendes Gelächter wurde durch einen strengen kollektiven Richter zum Schweigen gebracht. Nicht einmal Bou feierte seinen Sieg mit lauter Stimme. Er erhob das Glas, nahm seinen Schluck, schnalzte mit der Zunge und ging.

An jenem Abend saß Andión auf der Pritsche vor dem Foto. Er hatte eine Flasche Whisky zwischen den Beinen und leerte sie mit langsamen kleinen Schlukken, meilenweit entfernt vom zunehmenden Schlingern der *Blue Angel*. Das Meer brodelte am Bullauge. Ein heftiger, unaufhörlicher Husten. Ich glaube, in diesem Augenblick begriff ich den Zauber der eingerahmten Frau. Sie war wie ein Poller mit der Verholleine um den Hals.

Andións Flasche rollte über den Boden. Er stand auf, nahm das Foto herunter und steckte es zwischen die saubere Wäsche. Dann griff er nach einem der Seile, die unter dem Schrank lagen. Er trug das Fischmesser am Gürtel.

Du solltest dich festbinden, Junge. Heute nacht kommt Sturm.

Doch er verließ die Kajüte mit dem Seil und mit wild verzerrtem Gesicht, als kämpfte er sich durch einen Stacheldrahtzaun. Und die Flasche rollte. Und Bou blökte wie ein Lamm. Und ich setzte die Kopfhörer auf. Es gab und gibt nichts wie Jim Morrison und seine Reiter im Sturm. Reiter im Sturm. Reiter im Sturm.

Spiel, meine Sirene, spiel.

O'Mero

Ich besuche Luzdivina. Man muß ihr die Dosis erhöhen.

Draußen, auf der Straße, neben einem Kamelienbaum, spreche ich mit ihrem Mann. Er fragt, wie es geht. Ich sage ihm, man muß auf alles gefaßt sein. Und er nickt: Klar, wie auch nicht, wo doch ...

Er ist dick wie eine Tonne. Er hat Mühe beim Gehen. Wenn er sich bewegt, schwankt er.

Er heißt O'Mero. Ein Spitzname aus der Seemannszeit. Er erzählt mir, er sei plötzlich dick geworden, von einem Tag auf den anderen, nachdem er die Seefahrt aufgegeben hatte. Wie von Luft aufgebläht. Früher war er schlank und drahtig. Mit sonnengegerbter Haut.

Ich bin schuld, erklärt er unvermittelt.

Schuld woran?

An ihrer Krankheit.

Ich lasse ihn reden. Er erzählt, er sei das ganze Leben zur See gefahren, in Gedanken immer bei ihr. Jeden Tag widmete er dem Foto von Luzdivina einige Augenblicke. Es war wie ein Liebesakt. Und wenn er zurückkehrte, war es das pure Glück. Es gibt immer Probleme, aber das war bei ihnen nicht der Fall. Sie waren wirklich füreinander geschaffen. Diese Frau war ein Geschenk des Lebens, das er nicht verdiente.

Alles lief gut, wie am Schnürchen, bis er auf Thunfischfang nach Madagaskar auslief. In Diego-Suarez lernte er Beatrice kennen.

Die Frauen dort, erklärte O'Mero, sind die schönsten der Welt. Eine Mischung aus Indien und Afrika. Wenn du vom Fischfang zurückkommst, gibt es einen Haufen Frauen, die auf das Schiff warten. Es herrscht große Not. Sie gehen mit dir für das Essen und wenig mehr. Und du kannst wählen. Aber laß dir bloß nicht einfallen, die Erwählte zu verachten. Ich wollte nicht, aber ich habe auch gewählt. Sie hat mit der Macht des Blickes an mir gezerrt. Sie hatte einen Regenbogen in den Augen. Sie war sehr jung, ein junges Mädchen, das ein kleines Kind an der Hand hielt. Während sie mit mir auf dem Schiff war, saß der Junge auf dem Pier, wo er gehorsam und stumm wartete. Ab und zu ging sie hinunter und gab ihm etwas von dem Essen, das wir machten. Ich fragte sie, ob der Kleine ihr Bruder sei. Und sie antwortete mir düster: Er ist mein Kind. Mehr wollte ich nicht wissen.

Wenn ich auf See war, betrachtete ich das Foto von Luzdivina, doch was ich sah, war das Gesicht von Beatrice. Sie hatte sich in meinem Kopf festgesetzt mit ihrer olivfarbenen Haut und den Regenbogenaugen und ließ sich nicht vertreiben. Wir kehrten nach zwei Wochen zurück, und da war sie, wartete auf mich mit dem Kind an der Hand.

Wir hatten keine Kinder. Eines war gestorben, bei der Geburt. Und wir wollten nicht noch einmal so etwas Trauriges erleben.

Ich war also wieder mit Beatrice zusammen. Ich fühlte mich vollkommen willenlos, wenn sie an meiner Seite war. Wie schön sie war! Schön wie die Sünde. Und ich dachte: Man muß das Leben leben. Aber später auf See erfaßte mich ein schreckliches Unbehagen. Was ich tat, war ein Verbrechen. Oder zwei. Ich konnte weder essen noch schlafen. Und ich wagte nicht, das Foto anzuschauen. Wenn ich mich dazu entschloß, fand ich es nicht. Fortan, wenn wir Diego-Suarez erreichten, das sie Antsiranana nennen, verließ ich das Schiff nicht mehr. Ich schaute durch das Bullauge der Kajüte, und da stand Beatrice auf dem Pier mit dem Kind an der Hand. Ich war kurz davor, den Verstand zu verlieren, also redete ich mit dem Patron, verließ das Schiff, nahm das Flugzeug in Antananarivo nach Paris und kehrte von dort nach Hause zurück.

Ich glaubte, alles würde wie früher sein. Ich würde mir ein anderes Ziel suchen, Namibia oder was auch immer. Doch eines Tages stand Luzdivina mit Entsetzen in den Augen vor mir. Sie hielt ihr Foto in den Händen, das in kleine Stücke geschnitten und in einen Geldschein aus Madagaskar gewickelt war. Sie hatte mir anscheinend eine Hose ändern wollen und beim Auftrennen des Futters diese Reste gefunden. Mir stand die Sünde ins Gesicht geschrieben. Was sollte ich sagen?

Wenige Tage später wurde ihre Krankheit entdeckt, schloß O'Mero. Während er seine Geschichte erzählte, hatte er Blätter vom Kamelienbaum gerissen.

Die Krankheit hat nichts damit zu tun, sagte ich mit fester Stimme zu ihm, um ihn zu trösten. Nichts. Es ist nichts Psychisches. Es gibt keinerlei Zusammenhang. Da können Sie sicher sein.

Und was mache ich, wenn sie mich um ein Zitronensorbet bittet? fragte er plötzlich.

Geben Sie es ihr. Geben Sie ihr alles, worum sie bittet.

Danke, Doktor.

Ich habe sehr viel schlimmere Geschichten gehört, aber aus irgendeinem Grund machte der Fall von O'Mero und Luzdivina mich sehr traurig. Ich brauchte eine Stärkung und ging in ein nahe gelegenes Lokal, um etwas Warmes zu trinken. Vom Fenster aus konnte ich den Walzer des Meeres sehen und hören. Ich betrachtete die Fischerboote mit ihren lebhaften Farben und dachte, daß es keine schönere menschliche Architektur gab als die der Schiffe. Ich weiß nicht, warum, aber mir kam der Gedanke, den Wirt zu fragen, ob viele Leute aus diesem Ort in Madagaskar waren.

Soviel ich weiß, niemand. Sie sind überallhin gefahren, aber nicht nach Madagaskar.

Aber O'Mero war da, sagte ich, den Wissenden spielend.

O'Mero? Sie kennen O'Mero? O'Mero wird übel, wenn er das Meer nur sieht. Der hat seinen Fuß nicht mal auf einen Kahn gesetzt!

Er lachte laut und sagte dann rätselhaft: So ist das hier, mein Freund. An Land bleiben nur wir, die wir für nichts anderes taugen.

Nachwort

Die Schule der Erzählung

Das Leben erzählt Geschichten. Es trägt die Erinnerung auf den Schultern, mit der ganzen Karawane der Wörter. Nicht als Ballast. Es ist das Gewicht der Dinge, die seine Reise nach vorn rechtfertigen. Seinen Sinn. Auch wenn ihm bisweilen der wahre Inhalt der Lasten unbekannt ist. Fällt die Erinnerung jedoch von den Schultern des Lebens und vom Rücken der Wörter – aus Unachtsamkeit oder Gleichgültigkeit oder weil ein Sturm losgebrochen ist –, wird der Verlust spürbar. Das Gefühl der Leere. Das Leben muß umkehren. Aber seine Reise führt es nicht eigentlich zurück. Seine Zeit ist jetzt die Sehnsucht des Kommenden, eine erinnerte Gegenwart. Die bebende Erregung der Wörter, die dem Sinn auf der Spur sind.

Ja, das Leben erzählt Geschichten. Viele Schriftsteller erzählen, wenn sie den Beginn ihrer literarischen Entwicklung bestimmen wollen, von ihrer ersten Lektüre, von den Büchern, die sie beeindruckten. Ich müßte von einer Treppe sprechen. Diese Treppe, deren Stufen ganz runzlig waren, denn so altert das Pinienholz des Landes, führte in die Schlafzimmer hinauf, aus dem Erdgeschoß, das zweigeteilt war: in einen innenliegenden Stall für das Vieh und in den Essensbereich der bäuerlichen Familie. Es war das Haus meiner Großeltern mütterlicherseits. Dort, am Herdfeuer, wurden jeden Abend Geschichten erzählt. Ich könnte sagen, daß meine literarische Neigung an diesem Feuer begann, wo die rotweingefärbten Wörter der Erwachsenen knisterten. Doch so war es nicht. Sie entstand auf der Treppe. Ich hätte im Bett sein müssen, aber ich saß auf der Treppe, verborgen hinter einer Bretterwand. Sie sahen mich nicht. Aber ich konnte von meinem Platz aus den Widerschein des Feuers sehen, das sich in den Scheiben des Fensters über dem Spülstein spiegelte. Und ich sah den vom Feuer erleuchteten Teil ihrer Gesichter. Die Erinnerung in ihrem Eigensinn bemalt die Leinwand dieses Fensters jetzt wie einen Caravaggio. Die Personen, die Geschichten erzählten, waren andere als die, die ich Minuten zuvor verlassen hatte. Dieselben und anders zugleich. Sie waren Erzähler. Sie hatten das Schweigen oder die Wortkargheit derer, die mit den Händen reden, wie ein Kleidungsstück abgelegt. Meine Familienangehörigen und einige Nachbarn, die sich eingefunden hatten, waren andere Wesen. Verwandelt durch die Sprache und das Spiel von Licht und Schatten. Es hatte keinen Sinn zu fragen, ob das, was sie erzählten, wahr oder erfunden war, die Erzählung geschah in diesem Augenblick, sie knisterte von Wörtern, sie war wahr. Wahr!

Wer mir bis hierher gefolgt ist, wird vielleicht glauben, daß ich von so etwas wie einem ländlichen Idyll spreche, wo Legenden und überlieferte Geschichten am Herdfeuer erzählt werden. Von einer Art Phiole, einer Kristallkugel, in der die Kindheit bewahrt ist. Keineswegs. Die Geschichten, die die Treppe hinaufstiegen, um das Kind in seinem Versteck in Bann zu schlagen, handelten vor allem von Verbrechen, von Liebesaffären, die nicht gewisser erotischer Details entbehrten, von den Abenteuern und Reisen der Emigranten. Das heißt, alles sehr modern. Keine Feen oder

Hexen. Auch keine Kobolde. Allenfalls irgendein Widergänger, die Seele eines Verstorbenen, die zurückkehrte. Aber auch das ist sehr modern. Im oberen Teil der Treppe hing eine schwach leuchtende, nackte Glühbirne an einem geflochtenen Kabel. Das Licht dieser Glühbirne stand für mich in direktem Zusammenhang sowohl mit dem, was in den Erzählungen vorging, als auch mit der Außenwelt. Es wurde schwächer und verlosch fast ganz, wenn der Wind heulte oder der Regen zunahm. Dann wurde auch die Stimme des Sprechenden fast unhörbar. Seitdem denke ich an Elektrizität, wenn man mir von »magischem Realismus« spricht. An jene 40-Watt-Birne, um die der Nachtfalter der Literatur flatterte, als wollte er sich verbrennen. Nicht alle Erwachsenen erzählten, obwohl sie alle Geschichten zu erzählen hatten. Ihr Erzählen war von allem Überflüssigem gereinigt. Für Allgemeinheiten, für Abstraktionen war kein Platz. Die Erzählung mußte sinnlich sein, mußte verstanden, gefühlt werden. Heute würde ich sagen, daß die Wörter einen ökologischen Instinkt besaßen: sie wurden neu geboren. Sie gewannen ihren Sinn zurück. Nicht das Maß war wichtig, beim Erzählen wurde nicht das Dezimalsystem angewandt. Worauf es ankam, war die Intensität des Gefühls. Und der Erzähler nahm sich alle formalen Freiheiten, sofern sie nur im Dienst der Spannung standen, wie das Eichhörnchen, das im Geäst eines Nußbaums herumklettert und mit einer neuen Frucht zum Ausgangspunkt zurückkehrt.

Diejenigen, die am meisten gelebt hatten, zum Beispiel die Emigranten, legten bisweilen ihre Erzählungen anderen in den Mund. Den Erzählern. Und hörten sehr aufmerksam, verblüfft, bewegt oder lachend gleichsam ihrem eigenen Leben zu, als wäre es das erste Mal, daß sie davon hörten. Und so war es auch.

Es waren nicht Geschichten aus dem Leben. Es war das Leben selbst, das Geschichten erzählte, um eine weitere Nacht zu überstehen. Um einsame Existenzen zu verbinden. Und auch, um die Treppe hinaufzusteigen, wo sich der heimliche Ohrenzeuge versteckte.

Manuel Rivas

Editorische Notiz

Die Erzählungen »Erste Liebe«, »Nichts soll bleiben«, »Baumwollfelder«, »Die Straße des lahmen Pferdes«, »Eine Million Kühe« und »Der einsame Seemann« sind dem Band *Un millón de vacas* (Edicións Xerais de Galicia, 1989) entnommen.

»Die Zunge der Schmetterlinge«, »Ein Saxophon im Nebel«, »Carmiña«, »Liebe, was willst du von mir?«, »Der riesige Friedhof von Havanna« und »Das Milchmädchen von Vermeer« sind dem Band *¿Que me queres, amor?* (Editorial Galaxia, 1995) entnommen.

»Die alte Königin fliegt aus«, »Die Nacht, in der ich auf Brautschau ging«, »Der Papagei von La Guaira«, »Auf dem Weg zum Wald«, »Das Brot«, »Reiter im Sturm« und »O'Mero« sind dem Band *Ela, maldita alma* (Editorial Galaxia, 1999) entnommen.

Manuel Rivas

Der Bleistift des Zimmermanns

Roman
Aus dem Galicischen von Elke Wehr
suhrkamp taschenbuch 3315
176 Seiten

Eine Liebe wider die Zeit. Ein schüchterner Mörder als ihr Chronist. Mit sparsamen Mitteln, geschult an der Bildsprache der Lyrik ebenso wie der des Films, erzählt Manuel Rivas eine Geschichte, die in den wirren ersten Tagen des Spanischen Bürgerkriegs beginnt und sich hindurchbewegt durch eine düstere, vermeintlich hoffnungslose Zeit. Ohne Beschönigung, mit wachem Blick schildert der galicische Autor Menschen in einer Ausnahmesituation: Täter und Opfer, Verzweifelnde und Widerstehende. Poetisch genau, einfühlsam und mit unbefangen leichtem Strich zeichnet Rivas eine Geschichte, die anrührt: »Eine ganz große, heroische, pathetische Liebesgeschichte«, so Sigrid Löffler im *Literarischen Quartett*.

»Rivas versteht es, mit Worten Bilder zu malen und faszinierende Einzelszenen zu entwerfen, die einem lange im Gedächtnis bleiben.« *Münchner Merkur*

NF 442/1/10.02